復楽園

ジョン・ミルトン
道家 弘一郎 訳

PARADISE REGAINED

JOHN MILTON

音羽書房鶴見書店

目次

復楽園
第1巻 …… 1
第2巻 …… 39
第3巻 …… 79
第4巻 …… 115
あとがき …… 163

第1巻

さきごろ私は、*ひとりの人の不従順によって幸福な楽園の
失われたことを歌ったが、今度はあらゆる誘惑にあうも
決して屈しなかった、*ひとりの人の全き従順によって
全人類に楽園が取り戻されたことと、
誘惑者は、あらゆる策略にもかかわらず失敗し、
敗北し、拒絶され、かくして、荒れさびれた荒野に
エデンの築きあげられたことを歌う。
　*霊よ、あなたは、*この輝かしい隠者を荒野に導き、
そこにて*霊敵との戦いに勝利させ、疑うべくもなき
神の子たることを証明して、荒野より連れ戻された。
いつものように霊感を注いで、み心のままに私の歌を援けたまえ（さもなくば、ただ黙する
のみ）、

1　「ひとりの人の…歌った」　『失楽園』を示す。「ひとりの人」はアダム。
3　「ひとりの人」　イエス・キリスト。コリントの信徒への手紙一第一五章二一—二二節参照。
8　「霊」　聖霊。ルカによる福音書第四章一節。
8　「この輝かしい隠者」　イエス・キリスト。
9　「霊敵」　サタン。

羽根の豊かな幸先よい翼に乗せて大自然の
高さの限り、深さの限りまで運び、
世の尺度を超えてさらに英雄的な行為のかずかずを
語らせたまえ。*隠れて為され、長い歳月
記されることもなかったが、あまりに長く
歌われぬままに放置されるべきものではないからだ。
　ところで、*かの偉大な告知者は、*ラッパの響きよりも
なお厳かな声で、洗礼を受けたすべての人々に
*悔い改めよ、天の国は近づいた、と叫んだ。
彼の偉大な洗礼を受けに、畏れをいだいて
近郷の人たちは集まった。彼らと一緒に
ナザレから、*ヨセフの息子と思われていた人も
ヨルダン川へやってきた。そのときは名もなく
人の目も引かず、知られてもいなかった。しかし洗礼者は
天よりの声を聞いていたので、ただちに彼を見分けた。
そして自分よりも優れた者であると証言し、

その天来の仕事を彼に譲りたいと思った。
その証言はすぐに立証された。*洗礼をうけるや、
彼の上に天は開け、鳩の形をして
霊は降った。かつ、父の声が、天から
これぞ最愛の息子であると宣言した。
*反逆者もまたこれを聞いた。彼は*つねに世界をさすらい、
かの有名なヨルダン河畔の集まりにも
人に後れることを好まなかった。そして神の声に、
ほとんど雷に打たれたようになって、かかる高い証言を与えられた

15–「隠れて為され、…ないからだ」　福音書に記されていないことも聖霊の導きにより述べようというミルトンの意志のあらわれ。

18「かの偉大な告知者」　洗礼者ヨハネ。

18「ラッパの響き」　ヘブライ人への手紙第一二章一九節、ヨハネの黙示録第一章一〇節、第四章一節。

20「悔い改めよ、…と叫んだ」　マタイによる福音書第三章二節。

23「ヨセフの息子と思われていた人」　イエス・キリスト。ルカによる福音書第三章二三節。

29–「洗礼をうけるや、…宣言した」　マタイによる福音書第三章一六―一七節。

33「反逆者」　サタン。

33「つねに世をさすらい」　ヨブ記第一章七節。

気高い人を、しばし驚いて眺めまわした。
やがて嫉妬と怒りにかられ、ねぐらに飛んで帰ると、
休む間もなく、*空中に会議を開いて、
すべての力ある仲間を集めた。
厚く、濃い十重の雲に取り囲まれた
重苦しい*御前会議。彼らのなかに立ち、
おびえた悲しい顔をして、彼はこう語った、
「おお、空中と、この広い世界の長きわたる権力者たちよ
（あの厭わしい地獄の住まいを思い出すよりは
*その昔かちえた領土たるこの空中のほうが、
どれだけよいことか）、あなたがたもよく知っているように、
人間の歳月として数えれば、じつに久しい間、
われわれは、この宇宙を所有し、地上の出来事を
ほとんど思いのままに支配してきた、
アダムとその素直な妻イーヴが、私に欺かれて
楽園を失ってから後は。もっとも、あれ以来

イ*ーヴの末裔によって、致命の傷が
私の頭に加えられる時を、おそるおそる
待っているのだが。だが、神*の命令は
長く遅れている。どんなに長い歳月も神の目には短いからだ。
そして今、われわれにはあまりにも早く
めぐりくる時が、この恐るべき時をもたらした。
今やわれわれは、以前から恐れていた傷をもたらす打撃に耐えねばならぬ、
(少なくとも耐えることができる、頭が砕かれるといっても、
われわれのすべての力、大地と空中より勝ちえた、この麗しい帝国における、
われわれの自由と存在が打ち砕かれるということでないのであれば)。

39「空中」「さて、あなたがたは、過ちと罪とのために死んだ者であって、かつては罪の中で、この世の神ならぬ神に従って歩んでいました。空中に勢力を持つ者、すなわち、不従順な子らに今も働く霊に従って歩んでいたのです。」エフェソの信徒への手紙一第二章一—二節。

42「御前会議」'consistory' 枢機卿会議の意味があり、カトリックへの諷刺。

46「その昔かちえた領土たるこの空中」『失楽園』第一〇巻一八八—八九行。

53「イーヴの末裔」イエス・キリスト。創世記第三章一五節。

55–「神の命令は…神の目には短いからだ」ペテロの手紙二第三章八—九節。

それというのも、この悪しき知らせを私はもってきたのだ。
つまり、このために定められた、女の末裔《すえ》が、
ちかごろ女から生まれたのである、と。
彼の誕生は、当然、われわれの恐怖に少なからぬ根拠を与えた。
が、彼は成長して、今や花開く青年に達し、
いと高く、いと優れたことを為す、あらゆる徳と美と
知恵とを示している。そしてそれが私の恐怖を倍加するのだ。
彼の前に、彼の到来を予告する
*ひとりの偉大な預言者が先触れとして遣わされる。
その預言者はすべての人を呼び集め、聖なる川にて、
罪を洗い清め、清らかな人を迎えるため、いやむしろ
王として崇めるために、ふさわしく人々を清めんと主張する。
すべての人が来た。それにまじって
彼自身も洗礼をうけた。洗礼によって、いっそう
清められるためではなく、彼がそも誰であるかを
今後、諸国の民が疑うことのないよう、

天からの証言を得るためであった。私は、
かの預言者が彼にぬかずくのを見た。
彼が水から上がると、彼の上に、雲の上なる天は
その水晶の*扉を開き、天から彼の頭の上に
まことの*一羽の鳩が舞いおりた（*それが何を意味するにせよ）、
そして*天から至上の声が、こう言うのを聞いた、
「これぞわがいつくしめる子、われは彼を喜ぶ」と。
それゆえ、彼の母は死すべき人間であるが、彼の父は、天の王国を
掌握している者、父がその息子の地位を高めるためには、
どんな手段でも取らないはずがない。*彼の激しい雷がわれわれを
地獄に追い落としたとき、われわれは、

71「ひとりの偉大な預言者」 洗礼者ヨハネ。

82「扉」 詩篇第七八章二三節。

83「一羽の鳩」 聖霊。マタイによる福音書第三章一六節。

83「それが何を意味するにせよ」 ミルトンは鳩を比喩と考えていた。『キリスト教教義論』第一巻第六章。

84–「天から…われは彼を喜ぶ」と。」 マタイによる福音書第三章一六―一七節。

88–「彼の激しい雷が…追い落としたとき」 『失楽園』第六巻八五三―六六行。

彼が神の長子であることを知り、烈しい痛みを感じたのだ。
これが何者であるかを、われわれは知らなければならない。
彼の体つきは人のように見えるけれど、顔には
父の栄光の片鱗が輝いているからだ。
われらの危険は瀬戸際まできていて、
もはや長たらしい議論の余裕はない。すぐさま、
何物かをもって対抗しなければならない、
――力ではなく、巧みに隠された偽り、巧みに編まれた罠をもって――
彼が諸国民の先頭に立ち、彼らの王、彼らの指導者、
地上の主となってあらわれないうちに、だ。
*かつて、ほかの誰もがしりごみしていたとき、私はただひとり
アダムを見つけ出し、アダムを滅ぼす気の滅入る冒険を引きうけ、
この功業を見事に為し遂げた。
今は、より穏やかな航路が私を運んでくれるだろう。
あのとき、旨くいったあの方法が
いちばん、同じような成功の期待をいだかせてくれる。」

彼が話し終えると、その言葉は、地獄の
仲間に大きな驚きの効果を与えた。彼らは、
この悲しい知らせを聞くと、茫然自失となり、
ひどく狼狽した。が、そのとき、
ながながと恐怖に浸り、悲嘆にくれている余裕はなかった。
彼らは異口同音に、この重要な企ての監督と実行を
彼に、すなわち彼らの偉大な総統にゆだねた。
彼が人類を敵にまわして行った最初の試みは
アダムを堕落させることによって、ものの見事に成功し、
地獄の高い丸天井の洞窟から、彼らを導き出して、
光のなかに住まわせ、多くの楽しい王国、広い領土の
支配者、権力者、国王、いや神々にしてくれたのである。
こうして彼は、蛇のように陰険な策略を身につけ、
軽い足取りでヨルダン川の岸辺に向かった。

100―「かつて…成し遂げた。」『失楽園』第二巻四三〇―六六行。

そこでなら、このたび新たに人のなかの人、神の子と
宣言され、証言された、この人を見つける可能性が高く、
誘惑し、あらゆる奸計をしかけられる。
そうすることで、自分が長く享受してきた地上の支配を
終わらせるために遣わされたのではないかとにらんでいる
この人を、陥れることができよう。
だが、あに図らんや、みずからは知らずして、あらかじめ定められ
決められていた至高の神の意図を実現することになってしまったのだ。
神は、大勢の輝かしい天使たちの集まりのなかで、
にこやかに微笑みながら、ガブリエルに、こう言った、
「ガブリエルよ、今日、証しによって、
おまえと、また地上にあって、人間と人間の事柄に
関わり合う、すべての天使たちは見るであろう、
*いかに私が、さきごろガリラヤの清らかな乙女に、
おまえを遣わして語った、あの厳粛な使信の実現に
着手したかを。それは、彼女が、名も高く、

神の子と呼ばれる息子を産むであろう、ということである。
処女である身に、どうして、そのようなことがありえようと疑う
彼女に、訪れるものは聖霊であり、
至高の神の力が彼女を
覆うのである、とおまえは告げた。このようにして生まれ、
今は成長して、立派に、神聖な誕生と
神の預言にふさわしい者となった、この人をこれから
私はサタンの前にさらしたい。サタンをして誘惑させ、サタンの最高の狡智を
試させたい。サタンは、共に神に背いた多くの仲間に
自分の悪知恵を威張って自慢しているからである。
彼は、ヨブに対して失敗したのだから
もっと謙虚になってしかるべきであろう。
*ヨブの不屈の忍耐が、サタンの残酷な悪意が
考えつく、すべてのものを打ち破ったからである。

133 「いかに私が…とおまえは告げた。」　ルカによる福音書第一章二六―三五節。
148 「ヨブの不屈の忍耐が、…打ち破ったからである」　ヨブ記参照。

サタンも今に知るであろう、私が女の末裔から
ひとりの男を造りだし、彼はサタンのあらゆる誘惑に
抵抗し、ついには、悪の全軍勢に抵抗し、サタンを
地獄に追い返すことができることを——
最初の人間がはかりごとにより不意を打たれて失ったものを
勝って手に入れるであろう。しかし、私はまず、
彼を荒野で鍛えよう。
そこで最初に、彼には、この大戦《おおいくさ》の基本を
会得させよう、そうして送り出せば、
謙遜と強い忍耐を身につけて、
ふたりの大敵、罪と死を打ち負かすであろう。
彼の弱さが、悪魔の強さに勝ち、
全世界と、罪深い肉のすべてに勝つであろう、
かくて、天使と、空霊なる天の住人のすべては、
（今は天使だけであるが、いずれは人間も）知るであろう、
私が、この完璧なる人物、人々の子らに救いを

得させる力をもつゆえに、わが子と呼んだ、この人を
選んだのは、どんな完全無欠の正しさのゆえであるかを。」
　そう永遠なる父は言った、すべての天使たちは、
しばらくは感嘆して立ちつくしていたが、やがて
一斉に賛歌を歌い出し、天の舞いを舞った。
玉座のまわりをめぐりながら歌い、
手もてかきならす楽器で伴奏した。歌詞はこうであった。
「神の子に、勝利の凱歌あれ、
武器ではなく、知恵をもって、地獄の知略を打ち破る、
偉大な決闘に乗り出す御子に。
父は子を知る。そのゆえにこそ、まだ試みられたことはないけれど、
その子としての徳を安心してさらすのだ、
おおよそ、誘い、惑わし、
引きつけ、あるいは脅し、あるいは覆そうとするものに対して。
おまえたち、地獄の謀略はすべて挫かれ、
悪魔の計画は無に帰するものとなりますように！」

そのように、天にあって彼らは、彼らの頌詠《しょうえい》と晩祷とを奏でた。
その間、神の子は、なお数日、
ヨハネが洗礼を施した*ベタバラに滞在し、
救い主としての人類に対する大いなる仕事を
いかに始めるのが最もよいか、まずどの方面に
今や、その機熟した、彼の聖なる務めを広めるべきかを、
胸中に思いめぐらし、考え続けた。
ある日、彼はただひとり、聖霊と深い思いに導かれるまま、
ひとりきりでもっとよく思いめぐらそうと出て行った。
やがて思想は次々と湧き、一歩また一歩と、
人の気配から、ますます遠く離れて、
荒れた国境《くにざかい》の荒野のなかへ入っていった。
暗い影と岩にとりかこまれて
聖なる瞑想を、次のように続けた。
「ああ、なんと*多くの思いが、
いちどきに、私の心に目覚まされ、群がり集まってくることだろうか、

わが胸のうちに感じるものを考え、また、
今のわが身にはそぐわないようなことが
外からしばしばわが耳に聞こえてくるのを聞いているときに。
まだ子供であった頃、子供らしい遊びに
私は何の興味もなかった。私の全心は、
公共の善となることを、学び、知り、
そしてそれを為さんと熱心に望んだ。
この目的のために、私は生まれたのだ、あらゆる真理と
あらゆる正義を促進するために生まれたのだ、と思った。
だから、まだその年齢でもないのに、私は神の律法を学び、
律法を慕わしいと思った。それが私の喜びのすべてであった。
すっかりそれに包まれて成長したから、*まだ十二歳にも
ならなかったころ、過越しの祭りのために

184 「ベタバラ」　ベタニア。ヨハネによる福音書第一章二八節。
196 「多くの思い」　救い主としての召命。
209– 「まだ十二歳にも…を驚かせたことがあった。」　ルカによる福音書第二章四一―五〇節。

神殿に詣うで、そこにて律法の教師たちの言葉を聞き、
私自身や彼らの知識を増し加えるようなことを提案して、
すべての人を驚かせたことがあった。しかし、これだけが
私の魂の憧れるすべてではなかった。
勝利の業、英雄的な行為への
憧れが、私の心のなかには燃えていた。
それは、いつかイスラエルをローマの桎梏から
解放し、全地において、粗野な暴力と
傲慢で専横的な権力を、挫き鎮め、
真理を解放し、正義を回復するというものだった。
しかし、私は、説得力ある言葉で、聞く耳ある人の心をつかみ、
恐怖ではなく、説得によって事を行わせること、
少なくとも、わざと悪事を働くのではなく、みずからは知らずに
悪に誘われる魂を教え導こうと努めること、
そのほうが、より人間にふさわしく、神意にかなうことだ、
と思った（頑なな者だけは打ち従えるにしても）。

ときどき言葉となってあらわれる、こういう思いの
募りゆくのを、私の母はいちはやく見ぬくと、
心から喜び、私をひとり呼んで話した、
「子よ、あなたの思いは気高い！　その思いをはぐくみ、
翔け昇らせなさい、たとえ、前例のない高さであっても
真の価値が、高めうる限りのどんな高さまでも。
比類なき行為によって、比類なきあなたの父をあらわしなさい。
知るがよい、あなたは死ぬべき人間の子ではないことを。
人は、あなたの生まれを卑しいと言うけれど、
あなたの父は、すべての天と地、天使と人の子を
統べ治めたもう永遠の王です。
神*からの使者が、処女である私の身に
みごもったあなたの誕生を予告しました。使者は、
あなたが偉大な人となり、そしてダビデ*の王座に坐ること、

238 「神からの使者」　天使ガブリエル。一三三―四〇行参照。
240 「ダビデ」　イスラエル王国第二代の王（在位前一〇〇〇頃―前九六〇頃）。旧・新約聖書の両時代を通

そして、あなたの王国には終りがないことを預言したのです。
あなたが生まれたとき、輝かしい天使の合唱隊は、
ベツレヘムの野にあって、夜ごと、羊の群れを見守る
羊飼いに向かって歌い、救い主が今、生まれたこと、
どこへ行けば彼に会えるかを教えました。彼らは
あなたが眠る飼葉桶をめざして、あなたの所へ
やってきた。*宿屋にはそれ以上に
よい部屋は残っていなかったからです。
前には見られなかった星が天にあらわれ、
*東方からの賢者をここに導きました。
彼らはあなたに敬意をあらわして、香料、没薬、黄金を捧げた。
明るい星の動きを追って、この場所を見つけたのです。
この星こそ、天に新たに彫りつけられた、あなたの星と認め、
それで、あなたが、イスラエルの王として生まれたことを、知ったのです。
*正しいシメオンと女預言者アンナは、幻に教えられて
神殿にいるあなたを見つけ、祭壇の前で、

僧衣を着た祭司を前にして、居合わせたすべての人に
あなたの身に起こりうるさまざまなことを話しました。」
これを聞くと、すぐさま、私は、もう一度
律法と預言書とを繙《ひもと》き、救い主について
書かれている記述を探した。それはある程度、
律法学者には知られていることであったが、すぐに、
私こそ、そこに語られている者に他ならないことを知った。
とりわけ、私の進むべきは、死に至るまで多くの試練を
乗り越えなければならない道であることを知った。
そうしてこそ、約束の王国を手に入れ、人類の贖いをなすことができる、
が、その罪の全重量は、私の頭上に移されなければならないのだ。
しかし、それだからといって、がっかりもせず、うろたえもせず、

じて国民的英雄とみなされた。

247「宿屋には…残っていなかったからです。」　ルカによる福音書第二章七節。

250–「東方からの賢者…知ったのです。」　マタイによる福音書第二章一―一二節。

255–「正しいシメオンと女預言者アンナは、…話しました。」　ルカによる福音書第二章二五―三八節。

私は定められた時を待った。そのとき、見よ、
まさに洗礼者が来たのだ、（彼の誕生は何度も聞いたが、
まだ目の当たりにしたことはなかった）、彼は、
救い主の前にあらわれ、その道を備えるはずであった。
私は、ほかのすべての人たちと同じように、彼の洗礼を受けに
行った、それは天からのものであると信じたからである。しかし彼は
すぐさま私を見分け、大声を張りあげて宣言した、
私こそ、その人、（彼には天からそう示されたのだ）
私こそ、その人、彼がその先触れとなった人である、と。
そして、私のほうが彼より、はるかに偉大な人である、として、
初めは洗礼を与えることを拒んだ。そしてなかなか聞き入れなかった。
しかし、私が洗い清める流れから立ち上がったとき、
天は永遠の扉を開き、そこから
聖霊が、鳩のように私の上に降った。
そして最後に、一切の冠冕《かんべん》として、わが父の声が
はっきりと天から聞こえ、私こそ彼の

私こそ彼の愛する子、これをのみ彼は喜ぶ、
と唱えた。このことによって、私は、時*の
満ちたのを知った、もはや隠れて生きるべきではなく、
公然と、天から得た権威にふさわしく、
生きるべき時が来た、ということを。
それゆえ、ある強い力にうながされて、私は、
この荒野に来た。父の御旨《みむね》の何であるかを、
私はまだ知らない。おそらく知る必要もない。
知るべきことはみな、神があらわしたもうから。」
　そのように、われらが明*けの明星は言った。それから立ち上がって
まわりを見回すと、四面に見えるものは、
木々が不気味に生い茂って、陽も射さぬ、径もない荒野であった。
来た道に気をつけていなかったので、引き返すことは
困難であった。人の歩いた形跡もない。

286「時の満ちた」　ガラテヤの信徒への手紙第四章四節。
294「明けの明星」　ヨハネの黙示録第二二章一六節。

彼は依然として歩き続けた。彼の胸にやどる
来し方、行く末のことに伴う、かずかずの思いを
懐いて。こういう思索は、どんなに秀れた人と交わるよりも
こういう孤独をよしとしたであろう。
まる四十日を彼は過ごした——時には丘の上、
また時には蔭多い谷間で、毎夜、
古い樫、杉の木蔭に露を避けたり、
洞穴に身を潜めたりしたのだろうが、
それは明らかにされていない。この期間の終わるまで、
人間の食べ物を味わうこともなかったが、飢えも感じなかった。
しかし、ついに飢えを感じたとき、彼は野獣に囲まれていた。
*野獣は彼の姿を見ると、穏やかになった。
眠っているときも、起きているときも、彼を傷つけなかった。
炎の蛇も毒蛇も、道を避けた。
獅子も、猛き虎も、離れて、目を光らすばかりだ。
しかし、そのとき、ひとりの老人が、ひなびた身なりで、

迷った雌羊を探すかのように、あるいは、風の
強く吹く冬の日の夕方、野良から
濡れて帰った身を暖めるための薪にと
枯れ枝を集めるような様子をして、
近づいてくるのが見えた。老人は初めは探るような目付きで
彼を眺めまわし、次の言葉を口に出した。
「いったい、いかなる不運があなたをここに導いたのか、
集団で、あるいは隊を組んで通る人々の、
道からは遠く離れて？　よし来ても
飢えと渇きにやつれ果てて、その亡き骸を
ここにさらさないで帰った者はいない。
それゆえ、尋ねもしたいし、それ以上に驚いている。
なにしろあなたは、さきごろ、新たに洗礼を授ける預言者が
ヨルダンの岸辺にて、深き敬意を払い

310「野獣は…穏やかになった。」マルコによる福音書第一章一三節。イザヤ書第六五章二五節。

神の子と呼んだ人と思われるから。
私は見た、そして聞いた、
この荒野に住むわれわれとても、しばしば
必要に迫られて、近くの町や村へ行くことがある
（いちばん近いところでも遠いけれど）。そこにて新たに起きたことを
聞きもし、聞きたいとも思う。こうして噂はわれわれの耳にも届くのだ。」
　それに答えて神の子は、「私をここに、
導いた方が、私をここから連れ出すであろう。
他の導き手は求めない」と、言う。
その田夫は答えた、「奇蹟によってなら可能だろう。
それ以外の手立てでできるとは思えぬ。われわれはここでは
固い根や刈り残された茎を常食とし、渇きには駱駝よりも馴らされ、
水を求めて、遠くまで出かけて行く、悲惨と困難に生まれついた者だ。
だが、*もしあなたが神の子であるならば、
この固い石からパンが作られることを命ぜよ。
そうすれば、あなたも救われ、みじめなわれわれも、めったに味わえぬ

食物をもって、救われるであろう」と。
　彼が語り終わると、神の子は答えた、
「あなたは、パンのなかにそのような力がある、と思うのか?
書かれてはいないか（どうやら、あなたは見かけとは違う人らしい）、
人はパンだけで生きるものではない。神の口から出る
一つ一つの言葉で生きる、と。*神はここで
マナをもって、われわれの先祖を養いたもうた。
*モーセは、かの山に四十日こもり、なにも食べず、
なにも飲まなかった。*エリアも四十日、食べるものもなく、
この不毛の荒野をさまよった。今、また私が同じだ。
それなのに、なぜあなたは私に不信を植えつけようとするのか?
あなたの正体を私が知るように、私が誰であるかを知りながら。」

342―「もしあなたが神の子であるならば…一つ一つの言葉で生きる、と。」　マタイによる福音書第四章三―四節。
350―「神はここで…養いたもうた。」　申命記第八章二―三節。
352―「モーセは…なにも飲まなかった。」　出エジプト記第二四章一八節。
353―「エリアも…さまよった。」　列王記上第一九章八節。エリアは前九世紀中頃のヘブライの預言者。

それに対し、今や正体をあらわした悪魔の長《おさ》は、次のように答えた、
「なるほど、たしかに私は、あの不幸な霊である。
数百万の者たちと組んで、むこうみずな反逆を起こし、
幸せな地位を失って、至福から底なき地獄の深みへ、
彼らと共に追い落とされてしまった。
しかし、神は瞬時も目を離さぬ厳格さをもって
あの厭わしいところに、私を閉じ込めているわけではなく、
私は、しばしば、悲しみの獄を離れて
この地球をへめぐり、空中をさすらう自由を
楽しんでいる。また、神は、ときには私が諸天の天を
訪れることを禁じもしなかった。*私が、神の子たちにまじって
やって来た、あのとき、神は私の手に、
ウズに住むヨブを渡し、彼を試して、
その高い真価をあらわそうとされた。
また、*神がすべての天使に向かい、
傲慢な王アハブを欺き、

ラモテの地で倒すようにと言われたとき、
天使たちはためらったが、私はこの仕事を引き受けた。
そして、神の仰せのとおり、こびへつらう預言者どもに
舌もなめらかに虚偽を語らせ、王を破滅に追いこんだ。
神の命ずるままに、なんでも、私は行うのだ。
持って生まれた光の輝きはすっかり失い、
神の寵愛も失ってしまったけれど、
私は、善、美、徳の、秀でたるものを愛する、
少なくとも、観照し、賞賛する力は失っていない。
それをも失ったら、私は知力のすべてを失ったことになってしまうだろう、
それゆえ、私にとって何よりも願わしいことは、
神の子と唱えられる、あなたに近づき、あなたに会うこと、
注意深く、あなたの知恵に耳を傾け、
あなたの神にふさわしい行為を目の当たりにすることではないだろうか？

367―「私が、…あらわそうとされた。」　ヨブ記第一―二章。
371―「神が…破滅に追い込んだ。」　列王記上第二二章二〇―二三節。

人はおおむね、私を人類の大敵だ、
と思っている。どうして私がそのような者であろう?
人は私に対して悪事を働いたことも、暴力を加えたこともない。
私が失ったものも、彼らによって失ったのではない。むしろ
彼らのおかげで、得るべきものを得こそすれ。こうして今は、
彼らと共に住んで、この世の生を分かち合う仲だ、
たとえこの世の支配者ではないとしても。――それゆえ、しばしば
人には援助を、また忠告を与えている、予言やしるし、
回答、神託、前兆、夢などという形で。
人は、それによって、将来の生活を律している。
嫉妬が私を駆りたてて、悲惨と苦痛を分かち合う
仲間を得ようとしているのだ、と言われることがある。
初めはそうであったかもしれない。しかし、その後長く、苦痛を
身近かに味わって、今では経験で知るようになった、
苦痛を共にしたって、痛みが分散できるわけではないし、
人それぞれの重荷が軽くなるわけでは全くない。

だから人間が仲間になっても、あまり慰めにはならないのだ。
人間は、たとえ人間は堕ちても救われる、だが私はそうはいかぬ、
そのことが、いちばん辛い、そうじゃないかね。」
　これに対し、われらの救い主は、厳しく、こう答えた、
「おまえが嘆くのは自業自得。*初めから嘘で
固まっているのだから、終わりも嘘で終わるだろう、
いくら、地獄から解放され、諸天の天へ来る許可を
得たと自慢していても。じっさい、おまえの来るや、
その姿は、哀れでみじめな囚われの奴隷のようだ。
前には、光輝第一の天使たちと共に坐っていたところへ、
今は、その座を追われ、排斥され、その輝きも奪われ、
うさんくさく見つめられるだけで、憐みもされず、嫌われ、
全軍の天使の目には、破滅・侮辱の見本として
姿を見せるのだから。かの至福の場所も、

407「初めから嘘で…嘘で終るだろう、」　ヨハネによる福音書第八章四四節。

おまえには、幸福も喜びも与えない。
*浄福は失われて、もはや、おまえには与えられないことを示して、
かえって苦しみを燃え上がらせるばかりだ。
それゆえ、天国にいるときほど地獄にいるときはない。
しかし、天の王には役立っているのだ。
おまえが、恐怖に強いられ、悪事を為す喜びに促されて
行うことを、従順のせいにするつもりか？
おまえは、もっぱら悪意に動かされて、*義しきヨブを見誤り、
残酷にも、あらゆる苦難で、彼を苦しめたのでは
なかったか？　しかし彼の忍耐は勝った。
もう一つの勤めも、おまえが買って出た仕事だ、
つまり*四百人の口に入って嘘をつくこと。
嘘こそ、おまえの生命を支える糧、食料なのだ。
しかし、おまえは、真実を語る、と言い張る。すべての神託、
諸国民の間で、一般に真実と認められることは、
おまえが与えたものだ、と？　ちょっぴり本当のことを

まぜて、より大きな嘘をつくことが、おまえの手口だった。
おまえの回答たるや、何？　せっかく尋ねた者にも
よくは理解できぬ、よく理解できないから結局は分からずじまいの、
意味不明な、曖昧な、どうにでも取れる
という回答ばかりではなかったか？
おまえの神殿に、お伺いを立てて、誰かひとりとして、
より賢くなり、またより知識を得て、おのが身に関わる大事を
避けるなり、行うなりできた者があったろうか、
致命的な罠へと急いだだけではなかったか？
が正しくも神は諸国の民を、おまえの惑わすがままに
されたのである、正しくもというのは、まさに彼らが
偶像崇拝に陥ったからである。しかし、神の目的が
彼らの間に、おまえには分からぬ、神の摂理を宣べ伝えることであるとき、

418　「浄福は失われて…地獄にいるときはない。」『失楽園』第九巻四六七―七〇行。
424　「義しきヨブを見誤り…彼の忍耐は勝った。」ヨブ記参照。
428　「四百人の…嘘をつくこと」列王記上第二二章六節。三七一行目注参照。

おまえは、おまえの真理をどこから得るのか？
神から、または、各地を統べ治める天使たちからではないか？
天使たちは、みずからは、おまえの神殿に近づくことを
潔しとはしなかったが、神の命のままに、
事細かに、おまえが、おまえの崇拝者たちに言うべきことを
教えたのである。おまえは恐怖におののきながら、
あるいはまた、卑屈な居候のように、おとなしく従っていながら、
前もって教えてもらった真理を、自分のもののように見なしている。
しかし、このおまえの栄光は、すぐに抑えつけられるだろう。
もはや神託をもって、異教徒を欺くことも
できなくなるだろう。今よりのち、*神託はやみ、
派手な儀式や生け贄を捧げて、デルフォス、その他の地で、
おまえに、お伺いが立てられることはなくなるだろう。
少なくとも無駄なことになる、おまえは何も語りえぬのだから。
神は今や*生ける神託を世に送って、
その究極の意志を教えたもうからである。

神の送りたもう真理の霊は、今や、敬虔な人々の心のうちに
宿り、人の知るべき、必要な真理を、ことごとく
内より悟らせる神託となりたもうであろう。」
　こう、われらの救い主は語った、が、狡猾な悪魔は、
怒りと憤りに心のなかを突き刺されながらも、
しらを切り、よどみなく、こんな答えを返した、
「あなたは、語気鋭く、私を糾弾し続けた。
私が自分の意志からではなく、悲惨な定めによって、やむをえず
しなければならなかったことをもって、激しく私を責めた。
だが、どこにだって、たやすく、見出されるではないか？
惨めにも、しばしば真理の道を離れざるをえない人を、
嘘をついたり、言ったと思ったら取り消したり、しらばっくれたり、
お世辞をいったり、誓いを破ったりすることが役に立つ場合には。
しかし、あなたは、私の上に置かれている、あなたは主だ。

456 「神託はやみ、なくなるだろう」「キリスト生誕の朝に」一七三—八〇行。
460 「生ける神託」キリストのこと。

あなたから、抑えられたり、咎められたりすることは、おとなしく耐え得るし、
耐えなければならない、が、それくらいでご容赦願えれば有難い。
真理の道は険しく、歩き難い。
言葉滑らかに論じられれば、耳に心地好く、
牧童の笛か歌のように美しい調べだ。
それゆえ、私が、あなたの口から真理の教えを
聞くことを喜んだとしても不思議ではない、
徳の教えを守らない者も、徳は称えるものだから。
できぬと諦めてはいるけれど、せっかく私が来たときには、（誰も来ないのだから）
あなたの話に耳を傾けることを認めるか、せめて私に話をさせてくれ。
神聖にして、賢明、純粋なる、あなたの父は
偽善者や、不信心な祭司をも、
神の庭に踏み入らせ、
祭壇にて司式し、聖なる器物を扱わせ、
祈り、誓いを立てることを許し、*背信のバラムにさえ
なお霊感を与えられた預言者として言葉を与えたもうた。

せめて、私にもその程度の接近を拒まないでくれ。」
　これに対して、われらの救い主は、眉一つ動かさずに言った、
「おまえが、ここに来ることは、命じもせねば、禁じもしない、
おまえの意図は分かっているけれど。天よりの許しを
得るがままに行え。それを超えては何事も為しえないだろう。」
　彼はそれ以上なにも言わなかった。
悪魔は、偽装の白髪頭を低く垂れて、姿を消し、
薄い空気のなかに紛れこんだ。なぜなら、そのとき、
夜が暗鬱な翼を張って、砂漠をかげらせ始めたから。
鳥は、その土くれの巣にうずくまり、
野獣は森をさまようために出ていった。

490「背信のバラムにさえ…与えたもうた。」　バラムは、ペトル（ユーフラテス川のほとりにある町）の占い師。モアブ王バラクにイスラエル人を呪うよう買収されたが、神の言葉を授かり、彼らを祝福する。民数記第二三章一八—二〇節。

第2巻

いっぽう、新たに洗礼を受けた人たちは、まだヨルダン川のほとりに、
洗礼者と共に残っていた。彼らは、つい先程、はっきりと
救い主イエスと呼ばれ、神の子と宣言された方を
目の当たりにし、その高い権威に基づいて
そう信じ、そして彼と言葉を交わし、
彼と寝泊まり*した、——つまり
のちに有名になったアンドレとシモン*と
他に、聖書のなかには名前を挙げられていない人たちだが——
彼らは、彼の姿を見失ってしまった、やっと喜びを見出したばかり、
やっと見出したばかり、というのに、急に見かけなくなってしまった。
彼らは次第に不安を感じ、不安は何日も続いた。
日数が重なるにつれて、不安は増していった。
彼らは、しばしば、彼は姿を見せただけで、

6 「寝泊まりした」 ヨハネによる福音書第一章三九節。
7 「アンドレとシモン」 ガリラヤ湖で漁師をしていた兄弟。「サタンの誘惑」後、イエスの弟子となる。シモンとはペテロのこと。マタイによる福音書第四章一八—一九節。

しばらくは、神のもとに引き上げられているのかもしれない、と思った、
かつて*モーセが山にいて、ながらく姿を見せなかったように、
また、*偉大なティシュベ人が、*もう一度戻ってくるけれど
火の車を駆って、天に昇っていったように。
それゆえ、あのとき*若き預言者たちが、心配して
見失ったエリアを探したように、彼らは
*ベタバラ近くの各地において――
棕櫚の街*エリコ、*アイノン、古きサリム、
*マケラス、また、広い*ゲネサレト湖此岸の
あらゆる町や市、また*ペレアで
探した――けれど空しく戻ってきただけである。
それゆえ、ヨルダン川のほとり、風が葦や柳と
囁き戯れている入江のかたわら、
天井の低い粗末な家のなかで、
素朴な漁師たちは（彼らは素朴以外の何物でもなかった）
肩を寄せ合い、彼らの思いもかけぬ別離と歎きを吐露した、

「ああ、われわれは、何という高らかな希望から、
思いもかけぬ何という絶望へと落ちこんでしまったことか！
目は確かに、先祖が長く待望していた救い主が
今や来られたのを見た、そして彼の言葉、

15　「モーセが山にいて、ながらく姿を見せなかった」　出エジプト記第二四章一八節。第一巻三五二―五三行参照。
16–「偉大なティシュベ人が、…天に昇っていった」　エリアを指す。列王記上第一七章一節。列王記下第二章一一節。
16　「もう一度戻ってくる」　エリアは生きたまま昇天したので、メシアの先駆者としてあらわれるとされ、それが洗礼者ヨハネであるとされた。マラキ書第三章二三節、マタイによる福音書第一一章一一―一四節、第一七章一〇―一三節。
18–「若き預言者たちが…探したように」　列王記下第二章一五―一七節。
20　「ベタバラ」　第一巻一八四行の注参照。
21　「エリコ」　ヨルダン川西岸、死海の北西にあるオアシスの町で「棕櫚の街」と呼ばれた（申命記第三四章三節）。
21　「アイノン、古きサリム」　ヨハネによる福音書第三章二三節に、洗礼者ヨハネが「サリムに近いアイノンで洗礼を授けていた」と言及されている地名。
22　「マケラス」　ペレアにある要塞。洗礼者ヨハネが殺された場所とされる。
22　「ゲネサレト湖」　ガラリア湖。ルカによる福音書第五章一節。
23　「ペレア」　ヨルダン川の東の地域。

恩恵と真理に溢れた彼の知恵を、われわれは聞いた、
『今や、今や確かに救いは近い、
*御国は、イスラエルに回復されるであろう』と。
それゆえ、われわれは喜んだ。しかし、すぐにわれわれの喜びは
困惑と新たな驚愕に変わってしまった。
いったい、彼はどこへ行ったのか？　どんな出来事が
彼をわれわれから奪いさったのか？　彼は、姿を見せたのち、
また身を隠し、もう一度、われわれの期待を
長引かせるのか？　イスラエルの神よ、
あなたの救い主を送りたまえ、時は満ちた、
地の王たちを見たまえ、彼らが、いかに、
あなたの選ばれた民を抑圧し、彼らの不当な権力を
どんな高みにまで押し上げたかを、そして、あなたへの
畏れをすべて投げ捨てたかを。立ちて、
あなたの栄光をあらわしたまえ、あなたの民を束縛から解き放ちたまえ！
だが、待つことにしよう、神はかく為したもうた——

*聖なる油を注がれた人を送って、われわれにあらわされた、
彼は、*かの偉大なる預言者によって指さされ、公然と示された。
そして、われわれは、彼と言葉を交わした。
われわれはこれをもって満足し、あらゆる懸念は
神の摂理に委ねることにしよう。摂理が誤つことはない。
今になって、彼を引き上げたり、呼び戻したりすることはないだろう――
神聖な姿でわれわれを欺き、その直後に奪うことはあるまい。
われわれの希望、われわれの喜びは、直ぐに戻ってくるだろう。」
　このように嘆きながらも、彼らは新たな希望を取り戻した、
初めは求めずして見出した彼を再び見出す希望を。
しかし母マリアにとっては、

36　「御国は、イスラエルに回復されるであろう」　聖書にイエスのこの言葉はない。使徒言行録第一章六―七節で、使徒たちが「主よ、イスラエルのために国を立て直してくださるのは、この時ですか」と尋ねると、イエスは「父がご自分の権威をもってお定めになった時や時期は、あなたがたの知るところではない」と答えている。
50　「聖なる油を注がれた人」　キリスト。
51　「かの偉大なる預言者」　洗礼者ヨハネ。

他の人たちは洗礼から帰ってきたのに、息子の姿は見当たらず、
かつ、ヨルダン川にも残っておらず、消息は皆目つかめない。
彼女の胸のうちは、穏やかでもあり、清らかでもあったけれど、
母としての心配と不安が頭をもたげ、
いろいろと思い惑い、ため息をつきながら次のように述べた。
「ああ、神により妊《みごも》った、というあの高い名誉も
『めでたし、いと恵まれたものよ、
女のうちにて祝福されたものよ！』というあ*の挨拶も、
今の私に何の役に立つでしょう、
荒々しい風から、彼とわが身を守る小屋さえ見つけにくい、
こんな季節に私が産んだ子のせいで、
他の女たちの運命にもまさって、
悲しみも深く、不安もはるかに多くなめなければならないとすれば？
馬小屋だけが寒い外気を防ぐ、私たちの住まいであり、
馬ぶねだけが、彼の揺りかごであった。だが、そこさえすぐに
追い立てられて、*エジプトへ逃げなければならなかった、

彼の命を狙い、見つからなければ、ほかの幼児の血で
ベツレヘムの街を溢れさせた殺人鬼の王が亡くなるまで。
エジプトから帰った後は、ナザレが
私たちの長年の住まいだった。彼の日々は、
世に隠れ、ひっそりと、穏やかで、瞑想的で、
いかなる王からも疑いの目を向けられることはなかった。しかし今や
もう十分に成長して、聞けば、
洗礼者ヨハネに認められ、人前にも姿をあらわし、
天からは父なる神の声で、御子と認められたというから、
私は何か大きな変化の起こることを期待した。栄光への？ いえ、
老*いたシメオンがはっきり預言したとおり、苦難への変化。

---

68 「あの挨拶」 天使ガブリエルの挨拶。ルカによる福音書第一章二八節。第一巻一三三―四〇行、二三八―四一行参照。
76 「エジプトへ逃げなければならなかった、…殺人鬼の王が亡くなるまで。」 マタイによる福音書第二章一三―一七節。殺人鬼の王はヘロデ。
87 「老いたシメオンが…刺し貫くことになる」 ルカによる福音書第二章三四―三五節。第一巻二五五―五八行参照。

彼はイスラエルの多くの人を
倒れさせたり、立ちあがらせたりし、
また反対を受けるしるしとなり、
それゆえ剣が私の心を刺し貫くことになる。これが天が私に恵んだ運命。
なんと崇高な苦難《くるしみ》を受けることだろう！
苦しめられるようにも見えるが、祝福されることでもある。
それを論《あげつら》うこともしないし、かこちもしない。
しかし彼は今、どこで手間どっているのか？　なにか偉大なご意志が
彼を隠している。彼*が十二歳になるかならぬかのとき、
私は彼を見失ったことがあったが、しかし、それで
彼が道に迷うはずはなく、彼の「父」の仕事に関わっていたことが、
よく分かった。彼が何を意図しているのかと思案したが、
やがて覚《さと》った。今回、このように長く姿を見せぬのは、
はるかに何か大きな目的のために隠れているのだ。
しかし、私は忍耐づよく待つことには慣れている。
私*の心はもう長いこと倉のようで、

そこには不思議な出来事を予示する事柄や言葉がたくわえられている。」
　このように、マリアは、初めて彼女への告知を聞いて以来
身に起こった注目すべき出来事を、
なんども思い、また思い返しながら、
やさしく落ち着いた気持ちで、ことの実現を待った。
いっぽう、御子は、荒涼とした荒野を、
ひとり辿りながら、清らかな黙想に養われて
みずからのうちに沈潜し、また同時に、彼の前に置かれた
来るべきすべての大きな課題に思いを致した。
彼の地上における存在の目的と、
高邁な使命に、いかに着手し、いかにして最もよく実現すべきかを思いめぐらした。
というのは、サタンが、陰険にもまた戻ってくると予告し、
御子をただひとり残し、急いで、彼の配下の
すべての有力者たちが会議にと集まっている、

96–「彼が十二歳に…よく分かった」　ルカによる福音書第二章四一―五〇節。第一巻二〇九―二一三行参照。

103–「わたしの心は…たくわえられている」　ルカによる福音書第二章一九節。

濃い大気の中空へ昇っていったからである。
サタンはそこに着くと、誇る様子もなく、また喜ぶ様子もなく、
心乱れ、途方にくれて、このように語り始めた、
「君侯諸君、天の古き子らにして、霊妙な*大天使たち、
されど今は悪霊となった者たちよ、
新たな災難を背負いこむことなく、いつまでもこの地位、
この穏やかな座を維持できるのなら、
おのおの割り当てられた領分から、下界では正当にも
火の霊、気の霊、水の霊、大地の霊と、呼ばれるべき者たちよ、
地獄に突き落とされたのにも劣らぬくらい、われわれを脅かす
恐ろしい敵が立ち上がって、われわれを襲おうとしている。
約束どおり、私は、全会一致の投票によって権限を
与えられているから、敵を見つけ出し、観察し、
その力を試してきたが、かつて、最初の人間、アダムを
相手にしたときとは、全く別の
苦労をしなければならないことが分かった。

この人に比べれば、はるかに劣るとはいえ、アダムさえ
落とすには、妻の誘惑という手をかりた。
だが、今度は少なくとも、母方の血筋から言えば人間であるとはいえ、
人間を超える才能、
絶対的な完璧、神の恩寵、
最も大きな業を行うにふさわしい心の大きさを、天から恵まれている。
だから、楽園のイーヴには成功したからと高をくくって、
今回も同様に成功するなどとおまえたちが過信しないよう、
私は跳んで帰ってきた。
私は全員を招集する、準備万端、
手を貸すなり、知恵を貸すなりしてもらいたい。
かつては、私に敵うものなどひとりもいないと思っていたが、
今度ばかりは、相手にしてやられぬようにせねばならぬ。」
老獪な蛇は、内心不安を感じながらも、そう語った、

121「大天使たち」'thrones'、天使の九階級中第三位の「座天使」を指すが、ここではより広い意味で使われている。

すると皆一斉に喚声をあげて、彼の要求どおり最大限の援助を
確約してくれた。そして、そのとき、彼らの真ん中から
立ち上がったのは、*ベリアルであった。彼は堕ちた天使のうち
最も放縦で、淫蕩で、*アスモダイに次いで
最も好色な夢魔である。その彼がこう助言した、
「彼の目につくところ、彼の歩くところに、
人間の娘のなかでも、最も美しい女性を置きなさい。
どこへ行っても、真昼の空のように晴れやかで、
人間とは思えぬ、女神のような、ずば抜けた美女が
多くいるものです。優美で、慎み深く、
愛の技巧に長け、魅惑的な言葉で男心をつかみ、
乙女の威厳は、優しさ、甘さによって柔らげられているものの、
近づき難く、引き際は巧みで、
引きながら、恋の網に絡めとられた
多くの男心を引き連れてゆく。
このような女は、どんな厳格な心の男も和らげて手なずけ、

どんな嶮しい表情もなめらかにし、
気力をそぎ、官能の期待で融かし
欲望にかられて信じやすくなっているところをだまし
どんなに男らしい、決断力ある男をも意のままに操る、
ちょうど磁石がどんな硬い鉄をも引きつけるように。
ほかに誰あろう、まさに女だけが
賢明並びなきソロモン*の心を欺き、妻妾たちの信ずる
神々のために神殿を建てさせ、その前に額づかせたのだ。」
　これには直ちにサタンは、次のように返した、
「ベリアルよ、おまえは、自分自身を尺度にして、

---

150 「ベリアル」　もともと「悪」「無益」を意味する名詞。新約聖書では擬人化されサタンと同一視されているが、ミルトンは反逆の天使のひとりとしている。コリントの信徒への手紙二第六章一五節。『失楽園』第一巻四九〇行。
151 「アスモダイ」　旧約聖書続編トビト記第三章八、一七節に出てくる悪魔。『失楽園』第六巻三六五行に反逆の天使として登場している。
170- 「ソロモンの心を欺き…額づかせたのだ」　列王記上第七章八節、第一一章一―八節。ソロモンはダビデの息子で、イスラエル王国第三代の王（在位前九七一頃―前九三一頃）。

他人すべてを、大変偏った秤で測っている。なるほど昔から
おまえ自身が女色に溺れ、女の容姿、顔色、
魅力的な優美さを称えたので、こういう幼稚な色恋沙汰に
心を奪われぬ者はない、と思っている。
大洪水以前にも、おまえは、誤って*神の子と
呼ばれた好色な連中と、地上をさまよい、
人の娘たちに淫らな視線を投げかけ
彼女たちと交合し、一族を起こした。
われわれは目撃もし、話にも聞いたのではなかったか、
宮廷や、王の居間に、おまえが潜み、
あるいは森や林の苔むす泉のほとり、
谷間や、あるいは緑の牧場に待ち伏せして
妙なる美女を狙うのを。*カリスト、*クリメネ、
*ダフネ、はたまた*セメレ、*アンティオペ、
あるいは*アミモネ、*シリンクス、挙げたら切りがないほど
多くの女たちを襲い、しかも、*アポロ、*ネプチューン、

*ジュピター、あるいは*パン、*サター、*フォーン、 190

178 「神の子と呼ばれた好色な連中と…一族を起こした。」　創世記第六章二節。
186 「カリスト」　アルカディアのニンフ。処女を守る誓いを立て、アルテミスに従って狩りをして暮らしていたが、ジュピター（ゼウス）と通じ、アルテミス（あるいはジュピターの妻ジューノー（ヘラ））の怒りを買い、牝熊に変えられる。ジュピターとのあいだにできた息子アルカスが、成長して狩人になり、知らずして母親を殺そうとしたとき、ジュピターは母を大熊座に息子を小熊座に変えた。
186 「クリメネ」　オケアヌスとテティスの娘。太陽神ヘリオス（アポロ）に愛され、パエトンを生む。
187 「ダフネ」　ラドン川もしくはペネイオス川の神の娘。アポロに追われて、捕まえられそうになったとき、父に助けを求め、父は彼女を月桂樹に変えた。
187 「セメレ」　カドモスの娘。ジュピターに愛されたために、ジューノーの陰謀により、ジュピターのいかずちに打たれて死ぬ。ジュピターはその胎児を取り上げ、胎児はバッカス（ディオニッソス）となる。
187 「アンティオペ」　テーベの王女。サターの姿を取ったジュピターに愛され、双子を産む。
188 「アミモネ」　アルゴス王ダナオスの娘。ネプチューンに愛される。
188 「シリンクス」　アルカディアのニンフ。パンに追われ、ラドン川の岸辺で葦に変身したところ、パンはそれを手折って葦笛を作った。
189 「アポロ」　太陽神。
189 「ネプチューン」　海神、ギリシア神話のポセイドン。
190 「ジュピター」　ユピテル。ギリシア神話の主神ゼウス。
190 「パン」　アルカディアの牧人と家畜の神。
190 「サター」　快楽を好む山野の精サテュロス。
190 「フォーン」　ローマ神話の森の神ファウヌス。

または*シルヴァンなどという世に崇められた名前の者たちに、
おまえの醜行をなすりつけた。しかし、こういうやり口は、
万人を喜ばすものではない。人の子のなかで、いかに多くの人が
美女とその手管を、にっこり笑って軽視し、そのあらゆる挑発を
見下して退け、もっと価値あることに心を傾けたことか。
思い起こせ、かの*ペラ生まれの征服者が、
その若き日、東洋のどんな美女を見ても、
さして見つめることもなく、さして心にも留めなかったことを。
また、*アフリカと綽名された人は、
青春の盛りのときに、美しいイベリアの娘を釈放したことがあった。
だが、ソロモンは、安易な生活を送り、
名誉にも富にも栄華にも満ち足り、
現状を楽しむこと以上の高邁な目的を持たなかった。
それゆえ、女たちの誘惑に身をさらすことになった。
しかし、われわれが試みようとする相手は、ソロモンより
はるかに賢く、高邁な心をもち、最も偉大な事業の

完成のために生まれ、もっぱらそれに心を傾けていた。
それゆえ、たとえ当代評判の驚異の美女といわれようと、
彼が仕事の手を休めたときに、
愚かな欲望の視線を注ぐような女を見つけられるだろうか？
あるいはまた、美の玉座に崇められて坐す女王のように
自信に満ちた女が、かつてヴィーナス*の帯が
ジュピターに、かの効果を発揮したように（そう物語は語る）、
あらゆる男を虜にする魅力を帯びて
彼を愛に溺れさせようと玉座を降りてきても、

191「シルヴァン」　荒れ地と森の神シルウァヌス。パン、フォーンと明確は区別はない。

196「ペラ生まれの征服者」　アレクサンドロス大王（前三五六—前三二三）。マケドニアの首都ペラで生まれた。

199「アフリカと綽名された人」　大スキピオ、スキピオ・アフリカヌス（前二三六頃—前一八四）。古代ローマの将軍、政治家。スペインを占領したとき、美しい王女に目をとめるが、婚約者がいることを知ると、受け取った身代金とともに帰したと言われる。

212—「ヴィーナスの帯が…（そう物語は語る）」　ヘラ（ジューノー）がアプロディーテ（ヴィーナス）の帯を借りて、夫ゼウス（ジュピター）を虜にした話が『イリアス』第一四巻一五二—三五一行にある。

さながら美徳の山の頂に坐すような彼の
威厳に満ちた表情で一瞥されれば
見下げられたものと思って、色を失い、
彼女の陣立ては総崩れとなり、女性としての誇りは打ち砕かれるか、
さもなければ一転して、恭しい畏敬の念に変るだろう！
美は、ただその虜になった弱い心だけが崇めるもの。
崇めることをやめれば、美のあらゆる羽飾りは
閉じて下がり、取るにも足らぬものに縮みこみ、
思いもかけず無視でもされれば、すっかり困惑してしまう。
それゆえ、彼の志操の堅固如何を試すためには、
もっと男らしいもの、もっと価値あり、名誉・光栄・人の称賛の
得られそうなものをもってしなければならない。
これこそ最も偉大な人たちさえ、しばしば躓く、躓きの石だ。
さもなければ、人の当然の欲求を満足させるだけで、
決して、それを超えることないように見えるものでなければならない。
そうして今、彼は腹をすかしている、広い荒野のなかで、

食べるものなど一つも見つからない。
あとは、私に任せてくれ。この好機を決して逃がさず、
彼の力のほどを逐一、試してみよう。」
　サタンが語り終ると、一斉に賛成の声が大きな拍手喝采と共に聞こえた。
そこで、彼は直ちに、狡猾さの点では、彼に最もよく似た
選りすぐりの一隊を集めて、身近に控えさせ、
それぞれ持ち場を心得た、様々な役割の隊員ひとりひとりが、
活躍する場面を見せる条件が整えば、
直ちに、サタンのあご一つで登場できるようにした。
こうして、彼は、彼らを連れて荒野へ飛び立った。
荒野にはまだ、神の御子が、四十日の断食の後も、
一夜、二夜と留まっていたが、
今、初めて飢えを感じて、こう、ひとり言をいった、
「これは、どこで終わるのであろうか？　四十日、私は
この森の迷路をさまよいながら過ごした。人の食物を
口にしなかったが、食べたいとも思わなかった。こんな断食を

私は美徳だとは思わないし、この荒野で
忍ぶべきことのうちに数えはしない。体が必要としなければ、
また、必要としても、神が食物なしに体を支えたもうならば、
飢えに耐えても何の称賛に価することがあろうか？
だが今、私は飢えを感じる。これはきっと、
体が要求するものを、体が必要としているのだ。しかし神は
その必要を、ある別の方法で満たすことができる、
まだ相変わらず飢えは残っているけれど。たとえよし残っても
この肉体が消耗することはないのだから、私はみずから満ち足り、
飢えのとげに刺される害など恐れないし、
気にもかけない、はるかに良き思いに、すなわち飢え渇くが如く
*わが神の御心を為さんとの思いにつねに養われているのだから。」
　このように、御子が歩きながら黙想しておられると、
すでに夜であった。そこで彼は枝が重なり合い、葉が茂った
心地よい近くの木陰に、身を横たえられた。
そこで彼は眠り、夢をみた。夢は

空腹であるときのつねとして、食べ物や飲み物など
快く肉体の回復に役立つものばかりの夢であった。
夢のなかで彼は、自分が*ケリトの流れのほとりに立って、角のような嘴をもった鳥の群れが、朝に夕べに食べ物をエリアのもとに運んで来るのを見たように思った、鳥は飢えていても、運んでくるものを食べないように躾けられていた。
彼はまた、*この預言者がいかにして荒れ野に逃れ、そして、そこの一本のえにしだの木の下でいかにして眠ったか、やがて目覚めれば、夕食が炭火の上に用意されているのを見、御使いによって、「起きて食べよ」と命じられ、眠った後、もう一度、食べよと命じられるのを夢に見た。

259 「わが神の…養われているのだから。」 ヨハネによる福音書第四章三四節。
266– 「ケリトの流れの…エリアのもとに運んでくる」 列王記上第一七章五―六節。
270– 「この預言者が…エリアを支えたのであった。」 「この預言者」はエリアを指す。列王記上第一九章三―八節。

この力が、四十日間、エリアを支えたのであった。
ときにはエリアと共に食事をし、また、
ときには*ダニエルと共に客となって野菜だけを食べるように思われた。
こうして夜は過ぎていった。やがて、曙の先触れ、雲雀が
地の巣を離れて、高く舞い上がり、朝の近づくのに
気づくと、その歌をもって朝を迎えた。
同じように軽々と、われらの救い主も、その草の床から
立ち上がり、すべてがただ夢にすぎなかったことに気づいた。
彼は断食したまま眠りに落ち、断食したまま目を覚ましたのであった。
直ちに、ある丘の上に歩みを進めた、
その高い頂から四方を眺めたら、あるいは
家か羊小屋か羊の群れが見えるかも知れないと思ったからである。
しかし家も羊の群れも羊小屋も、何一つ見えなかった。
ただ谷間には心地よい森が見え、
小鳥たちの快い囀りが高くこだましていた。
彼は昼になったらそこに休もうと心を決めて、

そちらに足を向けた。すぐに、上は高く樹木に覆われた木陰に
入っていった、下には大きい道や、ほの暗い小道があり——、
それは森の真ん中を通っていた。
自然の造形とはこれのように思われた（自然こそ芸術の手本であったから）。
迷信家の目には森の神々、森のニンフの
出没する場所と映ったことだろう。彼が見回していると、
そのとき突然、彼の前に、ひとりの男が立った、
前のような田舎者ではなく、都会か、宮廷か、王宮で、
育った者のような上品な身なりをしており、
丁寧な物言いで、次のように話しかけた、
「お許しをえたので、お仕えしたいと戻ってきました。
が、神の子とあろうお方が、こんな寂しい荒野に、こんなに長く、
あらゆるものに事欠いて住んでおられるとは、たいそう不思議です。
私にはよく分かっています、あなたがひどく空腹であることは。

278「ダニエルと共に客となって野菜だけを食べる」　ダニエル書第一章八—一九節。

物語によれば、あなたのほかにも何人か有名な人たちが
この荒野を通って行きました。*放浪する女奴隷も、
追放されたその息子、ネバヨトを連れて、ここを通りましたが、
必要な水を供する天使によって救われました。
*イスラエルの全種族も、もし神が、天からマナを雨のように
降らせて下さらなかったら、ここで餓死していたことでしょう。
ティシュベ生まれの、*かの勇敢な預言者も、ここを
さまよっていたとき、食べよ、と招く声によって
二度も食事を与えられました。
だが、あなたのことは、この四十日間、誰ひとり、顧みてくれません、
実際、四十日以上も、ここに放りっぱなしです。」
これに対し、こうイエスは言った、「要するにおまえは何が言いたいのか?
彼らはみな必要としたが、ごらんのとおり私には全く必要ではない。」
　「ではどうしてあなたは飢えを感じるのか?」とサタンは応じた。
「言ってくれ、もしあなたの前に食物が置かれても、
食べたいとは思わないのか?」「与えてくれる人によりけりだ」と

イエスは答えた。「なぜそんなことが、あなたの断る理由に
なるのだ？」と狡猾な悪魔は訊いた、
*「あなたには造られたものをすべて要求する資格があるのではないか？
正当な権利として、全被造物は、やめよと言われるまで
休むことなく、その持てる全力を傾けなければならない
奉仕の義務を、あなたに負っているのではないか？
私は、律法*によって不浄とされた食物や、まず偶像に供えられた食物、
つまり、若き日*のダニエルが拒んだかもしれないような、
あるいは敵から提供されたようなものを言っているのではない、
もっとも、空腹に苛まれたら、誰かためらう人があるだろうか？

307「放浪する女奴隷も、…救われました。」 創世記第二一章一七―二一節。女奴隷はハガル。その息子ネバヨトはイシュマエルの誤り。ネバヨトはイシュマエルの息子（創世記第二五章一三節）。

310「イスラエルの全種族も…餓死していたことでしょう。」 出エジプト記第一六章。

312「かの勇敢な預言者」 エリア。二七〇―七六行参照。

324「あなたには…要求する資格があるのではないか？」 コロサイの信徒への手紙第一章一六節。

328「律法によって不浄とされた食物」 レビ記第一一章、申命記第一四章三―二一節。

329「若き日のダニエルが拒んだかもしれない」 二七八行注参照。

だがご覧なさい、自然は、あなたを飢えさせたことを恥じ、
いや困って、と言ったほうがよいか、あらゆる食材のなかから
最高のものを選び出して、あなたに供し、
主としての、あなたにふさわしく、敬意をこめて
もてなそうとしています。どうか腰をおろして食べてください。」
　彼が言ったことは夢ではなかった。彼がすべて言い終わったとき
われらの主が目を上げると、目に映ったのは
枝を大きく伸ばした木陰の広々とした空き地に置かれた
一脚のテーブルで、王侯の食事のように豪華に、何枚もの皿が並び、
味わい深い最高級の肉——狩りでしとめた、いろいろな獣や鳥の肉が
パイ風に仕上げられたり、串に刺して焼かれたり、
あるいは煮込んだり、竜涎香で蒸したりして
盛られていた。あらゆる魚介は、遠海から、浜辺から、
あるいは清流や、さらさら流れる渓流からの、殻や鰭《ひれ》のある、
名だたる美味のものばかり、それを手に入れるためには、
黒海も*リュクリノス湾もアフリカの海岸も干されたほどだった。

ああ！　これらのご馳走に比べたら、イーヴを誘惑した
あの野生のリンゴの、なんと質素なことか！
そして立派なサイドテーブルに置かれて、芳わしい香りを放つ
ワインのわきには、*ギャニミードや*ハイラスよりも、
なお美しい顔《かんばせ》の丈高き若者が豪華に着飾って、
それぞれ定めの位置について立っていた。
そして、少し離れた木陰には、軽快に跳んだり、厳かに立ったりしている
ニンフたちがいた、女神ダイアナに従う者たちや、
*アマルチアの角から果物や花を採ってきた*ナイアドたち、
また、*ヘスペリデスの娘たちで、彼女たちは、

347「リュクリノス湾」　ナポリ近郊の入り江。牡蠣で名高い。

351「ギャニミード」　ジュピターに酒の酌をした美少年。

351「ハイラス」　ヘラクレスの小姓。その美しさに魅せられたニンフたちにより、泉に引き込まれた。

356「アマルチアの角」　豊穣の角。アマルチアはジュピターに乳を与えた山羊。その角が折れると、ナイアドがこれを花と果実で満たしたという。

356「ナイアド」　泉のニンフ。

357「ヘスペリデスの娘たち」　黄金のリンゴの園を守る四人のニンフ。

*ログレス地方や*ライオネス地方の騎士たち、
*ランスロット、ペレアス、ペレノアらが
広大な森で出会った、かの妖精たちについて、
昔語られ、今も言い継がれている美しさをも凌ぐように思われた。
そして、その間も、調性のとれた旋律が、
鳴り響く弦楽器やうっとりさせる管楽器から聞こえ、
かつ、いとも穏かなそよ風が、その柔らかな翼に乗せて、
アラビアの芳香と、花の女神フローラの早春の香りを運んできた。
その輝かしさたるや、このようなものであった。そのとき誘惑者は
再び熱心に悪に誘いこむことを始めた。
「神の子ともあろう者が、なぜためらって、食べようとしないのか？
これらは、禁断の木の実ではないし、なんらかの禁令が
これらの清らかな食べものに触れるな、と禁じているわけではない。
これを味わっても知識が、少なくとも悪の知識がつくわけではなく、
かえって命を保ち、命の敵とも言える飢えを
心地よい回復の喜びで無くしてしまうのです。

ここにいるのは全て、空気の霊、森の霊、泉の霊で、
みんな、あなたに優しく仕える者たち、
あなたに敬意をあらわすために来て、あなたを自分たちの主と認めています。
神の子よ、なぜためらうのですか？　腰を下ろして、お食べなさい。」
　それに対しイエスは、穏やかに、こう答えた、
「私には、全てのものに対して権利がある、とおまえは言わなかったか？
その権利を行使する私の力を、誰が抑えられるだろうか？
私は、自分自身のものを、自分のいちばん好きな時、好きな所で、
自分の自由にしうるのに、それを贈物として受取らせようというのか？
*もちろん、私は、おまえと同じようにすぐさま、
わが思いのまま、この荒野に、テーブルを出現させ、

358 「ログレス地方」　イングランド中部、セヴァーン川の東、ハンバー川の南の地域。
358 「ライオネス地方」　イングランド南西部コーンウォールのランズエンド沖合にあったが、海底に沈んだとされる地方。
359 「ランスロット、ペレアス、ペレノア」　いずれもアーサー王の円卓の騎士。
383− 「もちろん、私は…仕えさせることができる。」　詩篇第七八章一九−二二節。マタイによる福音書第二六章五三節。

急遽、天使たちを呼び集めて、華麗な衣装を纏わせ、
私の酒杯に侍るよう、仕えさせることができる。
それなのに、何故、おまえは、差し出がましく、こんなお節介をするのか？
受け入れられることはあり得ず、全く無駄なことだというのに。
いったいおまえは、私の飢えとなんの関わりがあるのだ？
おまえの仰々しいご馳走を、私は軽蔑する。
おまえの見かけばかりの贈物は、贈物ではなく、罠だと思う。」
　それに対しサタンは、不満そうに、こう答えた、
「私にも、与える力があることは、見てのとおりだ。
その力を用いて、わざわざ、あなたのところに、持ってきたのだ、
喜んでくれる人にあげることができたというのに。
そして、いかにも困っている様子のあなたに折よく与えようというのに、
どうして、それを受け取ろうとしないのか？
私のすることも、私が差し上げようとするものも
疑われることは、分かっている。だが、遠くから運んできた獲物を
苦労して得た他の人たちなら、

すぐさま、これに手をつけるだろう。」と言うと、
テーブルも食べものも、ハーピー*の翼と爪の音が聞こえた、と
思うと同時に、すっかり消え失せた。が、
ただ執拗な、かの誘惑者だけは残っていて
次のような言葉をもって誘惑を続けた、
「他の生き物ならすべて飢えによって飼い慣らされるものだが、
あなたは飢えによって傷つきもせず、それゆえ心を動かされることもない。
あなたの自制心は、他の面でも不屈だが、
どんな誘惑にあっても、食欲に負けることがない。
そして全霊を、高邁な計画、
高邁な行動に傾けている、だが、これを、どうして実現するのか？
大きな事業には大規模な実現手段が必要だ。
が、あなたは名もなく、友もなく、生まれも賎しい、

402 「ハーピー」　顔と体が女で鳥の翼と爪をもった怪鳥ハルピュイア。『アエネーイス』第三巻二二五―二八行で、アエネーアスの一行から食べ物を奪う。

*父親は大工だといい、あなた自身も
貧困と苦境にあえぐ家庭で育った。
そして今、この荒野で道に迷い、飢えにさいなまれている。
どんな方法をとり、また、どんな希望をもって、あなたは
大事を為し遂げんと思うのか？　また、どこから権威を得るのか？
どんな支持者、どんな従者が得られるのか？
あるいはまた、あなたの負担ではまかない切れないほど
大勢の愚かな人々を、ぞろぞろ後に従わせる気か？
金は、名誉も、友も、征服も、領土をももたらす。
*エドム人アンティパテルを高め、その子*ヘロデをユダの王座
（あなたの王座）に即かせたものは、何あろう、金ではなかったか？
金こそは、彼に強力な味方を、もたらしたものであった。
それゆえ、あなたも大事を為し遂げようと思うならば、
まず、財を得よ、富を得よ、そして宝を積め、
それも、あなたが私の言うことを聴くならば、難事ではない、
財は私のものであり、運命は私の手のなかにあるからである。

私が目をかける者は、大いに富み栄える。
が、美徳、勇気、知恵、一点張りの者は窮乏のうちに坐するのみ。」
　それに対し、イエスは忍耐づよく、このように答えた、
「しかし富も、これら三つの徳がなければ無力で、
領国の支配権を手に入れることはできない、手に入れても保つことができない。
かの古き地上の諸々の帝国を想いみよ、
すべて、溢れんばかりの富の絶頂期に解体してしまった。
しかし、これらの徳を備えた人は、しばしば
極貧のなかにあって、最高の事業を為し遂げた——
ギデオン*、エフタ*、そしてかの若き羊飼い*、

414「父親は大工だといい」　マタイによる福音書第一三章五五節。

423「エドム人アンティパテル」　ヘロデ王の父、エドムの宰相。前四三年に毒殺される。エドム（イドマヤ）は死海とアクバ湾との間の地域。

423「ヘロデ」（前七四頃—四）　キリスト生誕時のユダヤの王。

439「ギデオン」　イスラエルの士師。イスラエル民族をミデヤン人の圧迫から解放した（士師記第六—八章）。

439「エフタ」　イスラエルの士師。勝利と引き換えに娘を犠牲にした（士師記第一一章三〇—四〇節）。

439「かの羊飼い」　ダビデ。

この羊飼いの子孫は長きにわたって、ユダの王座についたが、
やがて、再び、その王座を取り戻し、
永遠にイスラエルに君臨するであろう。
異教徒たちの間にも（世界中、起こったことで
記憶に価することなら、私の知らないものはない
のであるから）、おまえは覚えていないか、
*クィンティウス、ファブリキウス、クリウス、レグルスたちのことを？
これらの名を私は称える、たいへんな貧しさのなかにありながら
大業を為し遂げ、王の手から提供されても
財を蔑むことができた人たちだ。
私には何が欠けていると思われるか？
私とてこの貧しさのなかにありながら、すぐに彼らと
同じことを、いやそれ以上のことを為し遂げるであろうのに。
それゆえ財を称えることをやめよ。財は愚か者を絡め捕り、
賢い人を惑わすものだ、罠ではないにしても。
いやそれどころか、賞むべきことをなせと促すよりは、

徳を弱め、徳を為さんとの熱意を鈍らせるものである。
私が、財と王国を、同じように嫌って、退けたとても、
何の不思議があろうか？　しかしそれは、王冠が、
見かけは金であるが、実際は茨の冠であり、
この王冠をかぶる者の肩には、
すべての人の重荷が載っているので
危険や、困難、心配により眠られぬ夜を過ごさねばならないからではない。
そこにこそ王の任務、
王の名誉、美徳、価値、最大の賞賛がかかっているので、
彼はこのすべての重荷を、民衆のために担うからである。
自らの内に君臨し、情熱、欲望、恐怖を
支配する者こそ、より王者にふさわしい。
有徳な賢者なら、すべてここに到達するものだ。
だがこれに到達しえぬ者は、悪しき野望にかられて

446「クィンティウス、…レグルス」　いずれも共和制ローマの政治家・軍人たち。

都市の民衆、あるいは頑迷な大衆を支配しようと望むものである、
己が内なる無秩序、
あるいは彼の心中に潜む無法な欲情に支配され、仕えながら。
しかし、人を救う教えによって、
諸国の民を真理の途に導き、誤謬を捨て、
正しく神を知り、かつ、知った上で、神を崇めるまでに
導くことは、さらに王者にふさわしいことだ。
これは魂を引きつけ、内なる人、すなわち、より高貴なる
ところを支配する。それにひきかえ、他方には、肉体のみを、しかも
力づくで支配する者がある——これは気高い心の持主には、
たとえ、そのように支配しても、心からの喜びとはならない。
その上、王国を与えるほうが、より偉大な、より高貴な業と
考えられてきた。じっさい、手に入れるよりは
手放すほうがはるかに雅量に富むことだ。
それゆえ、財産は不要だ、それ自体としても、
また、おまえが求めるべきだとする理由からしても。

王位は獲るよりも、むしろ失うほうがしばしばよいものなのだ。」

第3巻

このように神の子は語った、サタンはしばらく
唖者のように、何と言うべきか、何と答えるべきか
困惑して、黙ったまま立っていた、
自分の弱い論理と偽りだらけの意図を論破、折伏されて。
ついに、蛇のような悪知恵を総動員し、
あらためて滑らかな言葉を続け、このように彼に話しかけた、
「確かに、あなたは、知れば役立つことを知り、
言うべき最善のことを言い、為すべき最善のことを行うことができる。
あなたの行為とあなたの言葉とは一致している。あなたの言葉は、
あなたの広い心を正しく表現し、あなたの心は
善・賢・義の完璧な姿を宿している。
もし王や諸国の民があなたの意見を問えば、
あなたの口から発せられる助言は、あの大祭司アロン*の胸を飾った
神託の宝石ウリムやトンミム*さながら

13 「アロン」 モーセの兄。ユダヤの最初の大祭司。
14 「ウリムやトンミム」 古代イスラエルの大祭司が神託を受けるのに用いた神聖な物体。おそらく宝石か

神託のように聞こえたであろう、あるいは昔の先見者の
言葉のように誤りなきものであったろう。もしまた軍の隊列を動かす
行動を求められたら、軍勢が少数であっても
あなたの指揮の業は巧みで
全世界はその勇武に抗いえず、
戦いを持続することはできなかったであろう。
この神にも等しい力を、なにゆえ、あなたは隠すのか？
隠遁生活を選ぶというか、自ら好んで人里離れた
未開の荒野に住んで、どうして全地の人々が
あなたの業に対して驚くことを妨げ、自らに
名誉と栄光を授けることを拒むのか？
栄光——これこそ高尚な人々の心、純粋に
天上的な気質を燃え立たせて、高邁な事業に向かわせる
唯一の報賞であるというのに？　彼らはあらゆる快楽を軽蔑し、
あらゆる財宝、あらゆる利益を、浮き滓のように見なし、
すべての権威も勢力も、最高もののほかは、一切を蔑視する。

*あなたの年齢は熟した、いや熟しすぎている。
マケドニアの*フィリポスの子は、この年齢になる前に
すでにアジアを手に入れ、*キュロスの王座を己が意のままに
支配していた。若き*スキピオは、誇り高きカルタゴ人を降し、
若き*ポンペイウスもポントスの王を破り、
凱旋式に馬を進めた。
しかし歳を重ね、熟した年齢に熟した分別が加わっても
栄光を求める渇望は冷めるどころか、増すばかりだ。
今や全世界の人々が賞賛する偉大な*ユリウスも、

金属。出エジプト記第二八章三〇節。レビ記第八章八節。
31 「あなたの年齢は熟した」 三〇歳。ルカによる福音書第三章二三節。
32 「フィリポスの子」 アレクサンドロス大王。二三歳のときに、キュロスが築いたペルシア帝国を滅ぼした。
33 「キュロス」（前五九九頃—前五三〇） アケメネス朝ペルシアの創始者。
34 「スキピオ」 大スキピオ。第二巻一九九行参照。二七歳のときにカルタゴ軍をスペインから追い払った。
35 「ポンペイウス」（前一〇六—前四八） 古代ローマの将軍、政治家。黒海南岸のポントスの王ミトリダテスを破ったのは前六六年で、若いとは言えない。サタンの誇張か？
39 「ユリウス」 ユリウス・カエサル（前一〇〇—前四四）。プルタルコス『カエサル伝』（第一一章）によ

年齢を取れば取るほど、栄光に心を燃やし
涙して、余りにも長く無名のうちに生きたことを
嘆いた。しかしあなたはまだ遅すぎはしない。」
　これに対しわれらの救い主は静かにこう答えられた、
「おまえが、どんなに言葉をつくして説得しても、
国のために富を求めるよう仕向けることも、栄光のために
国を得ようとさせることもできない。
栄光とは、名声がいっとき火のように燃え上がることにすぎない。
名声とは、所詮民衆の賞賛だ、つねに邪気のまじらない賞賛にしても。
そして民衆とは何だ、ただ雑多な群集、
俗悪なものを、しかもよく考えれば賞めるにも価しないことを
賞めそやす烏合の衆にすぎないではないか？
彼らは、何であるかも知らぬものを、また誰であるかも
知れぬものを、ただ人に言われるままに賞め、称える。
こんな人々に持ち上げられ、口の端にのぼって、
話題になったとて、何の喜びがあろうか？

そんな人になら、けなされることこそ、大いに賞められるべきこと、
これこそ、すぐれて善であろうとする者の宿命である。
知恵ある者、賢明なる者は、彼らのなかには
ほとんどいない、そしてそのなかから栄誉が高まることはめったにない。
神が地上を見そなわし、義しき人に目をとめ
賞賛をもって天上あまねく、すべての天使に
彼の名を知らしめると、天使もまことの賞賛の声をあげて
彼を称える――これこそ真の栄光、真の名声である。
神がヨブに為されたのはそういうことだ。
あのとき、ヨブの名を全天全地に広めるために
（あのときのこと、おまえは恥ずかしくて忘れられまいが）
神はおまえに聞きたもうた、*「おまえは私の僕《しもべ》ヨブを見たことがあるか？」と。
彼は天上では有名であったが、地上では無名であった。

れば、若き日のカエサルは、アレクサンドロス大王の伝記を読んで、自分が何の偉業も達成していないと泣き出したという。
67「お前はわたしの僕《しもべ》ヨブを見たことがあるか？」　ヨブ記第一章八節。

地上の栄光は、偽りの栄光であり、それは
栄光に価せぬもの、名声に価せぬ人に与えられる。
征服によって遠く広い地域を従属させ、
広大な国々を攻略し、戦場で大会戦に勝利し
大都市を襲撃陥落させることが輝かしいと思う人は
誤っている。このような英雄たちは何をしているか？
奪い、掠《かす》め、焼き、殺し、
近隣の、あるいは遠方の、平和を愛する諸国民を隷属させるだけだ。
彼らはとらわれの身となったが、その征服者たちよりも
自由に価する人たちだ。征服者たちが
暴れまわるところ、後に残るものは荒廃だけで、
彼らは栄えた平和の事業をことごとく破壊してしまう。
やがて傲慢に膨れあがり、神々と称えられ
人類の大恩人、解放者として
神殿、僧侶、生け贄をもって祭られなければ承知しない、
かたや*ジュピターの子、かたや*マーズの子として。

だが、やがて死が最後の勝利者として、彼らが人とはいえず、
鬼畜の悪徳にまみれた、醜悪な存在にすぎないことを示す。
非業の、あるいは恥ずべき死は、彼らの当然の報い。
　しかし、もし栄光のなかに、何か善いものがあるとすれば、
それは全く異なった手段によって達成されるだろう、
野心なく、戦争なく、暴力なくして。
平和の業、卓越した英知、
忍耐、節制によってだ。私はつねに
ひとりの人の名をあげる。おまえがどんな悪さをしかけても
聖者のような忍耐をもって耐え、国も時代もはっきりしないのに有名になった人を。
今や忍耐づよいヨブの名を称えぬ人があろうか？
貧しきソクラテス（ヨブに次いで誰よりも記憶されるべき）は、
彼が教えたことにより、またそのせいで苦しみにあったことにより
真理のために不当な死を蒙ったものとして、今や

84 「ジュピターの子」　アレクサンドロス大王や大スキピオ。第二巻一九六、一九九行注参照。
84 「マーズの子」　ローマを創建したロムルス。マーズはローマ神話の軍神マルス。

傲慢な征服者たちにも等しい名声のうちに生きている。
しかし何事か為し遂げ、何ほどか苦しんでも
名声と栄光を求めてのことなれば、——若き*アフリカヌスが
荒廃した祖国をポエニ戦争の惨禍から救っても名声目当てならば——
その行為、少なくともその人物は称賛されることなく、
たとえ言葉だけにしても、その報酬を失うことになる。
それゆえ、私が虚栄心の強い人たちの求めるような栄光を求めるだろうか？
多くの場合、求めるにも価しないものだ。私は私の栄光ではなく、
私を遣わしたもうた方の栄光を求め、かくて私がどこから来たかを証ししよう。」
　それに対し、誘惑者は、つぶやきながら、こう答えた、
「栄光をないがしろにしてはならない。それでは
およそあなたの偉大な父上に似ても似つかぬものとなる。
彼は栄光を求め、栄光のために万物を造った。
そして今も万物を制御統治している。しかも天にて
すべての天使から称えられるだけでは足れりとせず、人間からも
栄光を要求する、それもすべての人間から。善人悪人

賢者愚者の別を問わず、免除を許さない。
すべての生け贄、すべての聖なる贈り物にまさって
彼は栄光を求め、栄光を受け入れる。
あらゆる国民から、ユダヤ人、ギリシア人、異邦人の
差別なく、例外を認めるとは言わなかった。
公然の敵たるわれわれからさえ、彼は栄光を強要する。」
　これに対し、われらの救い主は激しい口調で答えた、
「しかし、それは当然のことだ。彼*の言葉が万物を造ったのだから。
だがそれは、栄光を第一の目的として求めたのではなく、
彼の善たることを示すため、彼の善を
伝えうるすべての人に惜しみなく分かち与えるためであった。
それゆえ、彼が人間に期待することは、
ただ栄光と祝禱《しゅくとう》のみ――すなわち感謝だけであった。
これこそ神に何物も返しえぬ人間の

101　「アフリカヌス」　大スキピオ。第二巻一九九行注参照。
122　「彼の言葉が万物を造った」　ヨハネによる福音書第一章一―三節。

最もささやかで、為しやすく、手近かな報いのはずであった。
だが人間はそれを返さぬどころか、返せぬとなれば、かえって
軽蔑・恥辱・中傷をもって報いようとするではないか。
これはまた、あのような善に対し、あのような恵みに対し、
あまりにも冷酷な仕打ち、あまりにも割の合わないお返しだ！
それにしても、人はなにゆえ栄光を求めるのか？
彼自身には何の取り柄もなく、彼に帰属するものとては、
罪の宣告、不名誉、恥辱のほかは、何物もないのに。
あれほどの恩を受けながら、神に背を向け、
感謝の心もなく、偽りに満ち、
あらゆる真の善をみずから絶っている。
それにしても本来、神にのみ帰すべきものを
みずから取らんとするのは、なんという冒瀆か？
だが、神の恵み、神の慈悲は豊かだから、
人間の栄光ではなく、神の栄光を高めんとする者たちをば、
神みずから、彼らを栄光へと高めてくださるのだ。」

神の子はそう語った。ここで再び
サタンは答えられなくなり、おのが罪の深さに
茫然と立ちつくした――彼自身が、
飽くなき栄光を求めて、すべてを失ったのだから。
だが、すぐに、新たな口実を思いついた――
「栄光については、あなたの思うがままに考えるがよい」
と彼は言った、「求める値打ちがあるにせよ、ないにせよ、
その話はしばらく措くとしよう。だが、あなたは王国のために
生まれたのだ――あなたの*母方の父祖なるダビデ、
その王座に坐ることこそ、あなたの定めなのだ。
もっとも今、あなたの権利は、*強国の手に握られ、
それは武力をもって手に入れたものを、たやすく手放しはすまい。

153 「母方の父祖なるダビデ」 ダビデは父ヨセフの父祖（マタイによる福音書第一章）。ただしアウグスティヌスやカルヴァンらはマリアがダビデの家系にあるとした。
155 「強国」 ローマ帝国。

今やユダヤと、*約束の地全土は、
一属州となりさがって、ローマのくびきのもとにあり、
*ティベリウスに仕えている。そして、かならずしも
正しく支配されてはいない。為政者はしばしば
神殿を、また律法を、けがらわしい侮辱をもって
というより、むしろ憎悪をもって汚した、さきに*アンティオコスが
したように。それなのにあなたはいつまでも坐り続け、このように
引っこんでいて、あなたの権利を回復できると思うのか？
*マカバイは、そうはしなかった。事実、彼も荒野に隠れたが、
武器をもっていた、そしてしばしば力ある王を打ちまかした。
かくて彼の一族は、かつては*モディンと
その周辺の地を所有するだけで満足していたのに、
祭司の身ながら、強力な武力によって、王座を、簒奪されていた
ダビデの王座を手に入れた。
王位がもしあなたの心を動かさぬのであれば、熱情と
義務をもって、動かさしめよう——熱情と義務とは緩慢どころか、

虎視眈々として、好機*の前髪を狙っている。
この二つこそ、最もよき大義名分である——
父の家への熱情と、異教徒への隷従から
祖国を解放する義務は。
そうしてこそ、あなたの無窮の支配を歌った
いにしえの預言者の言葉を、最もよく実現し、最もよく立証するであろう。
早く始めれば、それだけ幸福な統治となる。
されば今、治めよ、ためらって、何のよいことがあろうか?」
それに対して、われらの救い主はこのように答えた、

157「約束の地」 パレスチナを指す。ヘブライ人への手紙第一一章九節。

159「ティベリウス」 第二代ローマ皇帝（前四二—三七）。ルカによる福音書第三章一節。

162「アンティオコス」 アンティオコス・エピファネス、古代シリア第四代の王（前二一五頃—前一六四）。旧約聖書続編マカバイ記一第一章。

165「マカバイ」 ユダ・マカバイ（—前一六〇）はユダヤの愛国者で独立運動の指導者。マカバイ記一第三章—第九章二二節。

167「モディン」 エルサレムの北西にある、マカバイ家の本拠地。

173「好機の前髪を狙っている」 好機は前髪だけがあって後頭部ははげているとされた。

「すべてのことは、その時を待って、最もよく実現される。
*すべてのことには時がある、と真理は語っている。
預言の書が、私の治世は終ることがない、
と言っているとすれば、同じく、いつ始めるべきかは、
父がその心のなかに定めておられるはずだ——
すべての時と季節は、彼の手にありてめぐるのであるから。
もし父の命により、まず、私が
卑しい身分と逆境のなかに置かれ、
艱難により、危害により、侮辱により、
かつ軽蔑、嘲笑、陥穽、暴力によって試みられたとしても、
耐え忍び、自己を抑え、不信も疑惑もいだかずに
何に耐えることができ、いかに従いうるかを
父に知ってもらうことを私が心静かに期待しているのだとすれば、いかに?
最もよく忍ぶ者こそ、最も善く為しうる者、
まずよく従った者こそ最もよく治める者であろう。
私が、変わることもなく、終ることもない高みに

上げられる前にこれぞなくてはならぬ試練だ。
私が永遠の王国をいつ始めるかが、おまえに何の関わりがあろうか？
なぜ、おまえは心を煩わすのか？　どうして知りたがるのか？
私が昇ればおまえが落ち、
私が栄えれば、おまえが亡びることになることを、知らないのか？」
　これに対し誘惑者は、内心苦しみながらも答えた、
「それはいつにても、来るときに来たらしめよ、恩寵を受ける望みは
まったく失せたのだ。さらに悪くなることが何かあるだろうか？
望みの残っていないところには恐怖も残っていない。
もし、これ以上に悪いことがあるとすれば、そういう予感が
実際の感じ以上に私を苦しめることだ。
私は最悪の状態でありたい。最悪こそが私の港、
私の泊まり、最後の憩いの場、
私の到達したい目的地、究極の善だ。

183「すべてのことには時がある」　コヘレトの言葉第三章一節。

私の過ちは、私の過ちであり、私の罪は
私の罪であった。その罪がなんであるにせよ、そのために有罪の宣告をうけ、
それに見合う罰を受けるであろう、あなたの治世で
あっても、なくても——私とて、あの穏やかな、お顔のもとに
飛んでいけるものなら飛んでいきたい。そして静かな面輪《おもわ》と
やさしい眼差しから望むところは、あなたの治世が
私の不幸な状態を悪化させることなく、
むしろ私と、あなたの父の怒り
（その怒りを、私は地獄の業火よりも恐れる）
この二つの間に立って、避難所《さけどころ》とも、また、夏の雲のように
涼しい日陰を作る衝立ともなってもらいたいものだ。
もとより、私は、ありうる限りの最悪へと急ぐ、
とすれば、なぜ、あなたの足は、最善なるものに向かって、そのように遅いのか？
あなた自身にも、全世界にとっても、最も有徳なあなたが、
王となることこそ、いちばん幸せなことなのに。
おそらく、あなたがためらうのは、心中深く

かくも危険で高邁な企てに尻込みしているからだろう。
それも不思議ではない。あなたのうちに、人間に見出される限りの
また人間性が受けうる限りの完全さがすべて、
相結ばれているとはいえ、考えてもごらんなさい、
あなたの生涯は、まだ個人的なもの、その大半は
家庭ですごし、ガリラヤの町々をほとんど見たこともない。
*年に一度、エルサレムに上って、数日を過ごすだけである。
それだけで何を観察できるだろう?
あなたはまだ世界を知らない。まして、その栄光を知らない。
さまざまな帝国、君主、そして彼らの輝ける宮廷を。
これらこそ、最善の経験をつむための最良の学校、
万事において洞察力を働かせ、偉大な行動を起こす早途なのに。
どんなに賢い人でも、経験をつまなければ
（*驢馬《ろば》を探して王国を得た男のように）

234「年に一度、エルサレムに上って、数日を過ごすだけである。」 ルカによる福音書第二章四一節「さて、両親は毎年、過越祭にはエルサレムへ旅をした。」

臆病で、内気で世慣れぬために物怖じし、
決心もつかず、大胆にもなれず、冒険もできない。
だが私はあなたを連れて行こう、そこでは
あなたはすぐに稚気を離れ、目の前に
さまざまな地上の君主、その栄華と華麗を見るであろう。
それは――あなたの学ぶにふさわしい
帝王学とその蘊奥《うんのう》の充分な手ほどきである。
かくてあなたは、諸侯の反乱に
立ちむかう最善の道を知るであろう。」
　そう言うと、（そのとき彼には大きな力が与えられた）彼は
神の子を*高い山の上へ連れていった。
その山の緑の裾野には
広々と伸び拡がった広い平野が
心地よく横たわっていた。その山腹から*二つの川が流れ出し、
一つは曲がりくねり、もう一つは真っ直ぐに流れていたが、
その中間には、より小さな川が静脈のように入り組んだ美しい平野を残し、

やがて合流して、貢物を献げるように海に注いでいた。
その大地は、穀物や油、ワインを豊かに産出し、
牧場には牛の群れ、丘には羊の群れが、群がっていた。
大きな都市があり、高い塔があった。最も有力な王たちの
住む都にふさわしいものであり、その眺望は
あまりにも広大で、ここかしこ、
泉なき乾燥した不毛の荒れ地があるほどだった。
この高い山の頂きに、誘惑者は、われらの
救い主を連れてきて、新たな言葉をつらね始めた。
「われわれは、たいそう速く目的地に着いた。
丘を越え、谷を越え、森、野、川、寺、塔を越えて、
幾リーグも近道をした。ここであなたは、

241 「驢馬《ろば》を探して王国を得た男」　サウル。いなくなった父の驢馬を探してサムエルに出会い、頭に油を注がれて最初のイスラエルの王になる。サムエル記上第九、一〇章。
252 「高い山」　マタイによる福音書第四章八節。
255 「二つの川」　ティグリス川とユーフラテス川。ストラボンやプリニウスによると、ティグリス川は真っ直ぐで、ユーフラテス川は曲がりくねっているとされた。

アッシリアと、その古い帝国の版図を見渡せる。
*アラクセス川と、カスピ海、さらに遠く
東はインダス川の流れ、西はユーフラテス川、
さらには時にその先までも。南はペルシア湾
そして、足を踏み入れがたきアラビア沙漠。
こちらには*ニネヴェの町が見える。その城壁に沿ってまわれば、
数日がかり。古く*ニヌス王によって建てられた町だ。
豪華絢爛な最初の王国の首都でもあり、
*シャルマナサルの都でもあった。彼の成功を、
永く俘囚の身にあったイスラエルは、今も嘆き悲しむ。
そして向こうには、*全世界の不思議、バビロンの町が見える。
同じように古い町で、*これを再建した者は、
二度までも、ユダと、あなたの父ダビデの全家を
捕えさり、エルサレムを廃墟と化したのだが、
やがて人々は*キュロスによって解放された。
彼の都ペルセポリスが、あちらに見える。そしてあちらに*バクトラ。

エ*クバタナは、あちらに巨大な建物を見せ、
ヘ*カトムピュロスは、その百の城門を見せている。
コ*アスペス河畔のスサも見える。この川の
琥珀のように透明な水は王だけの飲みもの。

271「アラクセス川」　カスピ海に注ぐアルメニアの川。

275「ニネヴェ」　アッシリアの首都。

276「ニヌス王」　アッシリアの伝説的な創設者。ニネヴェはこの王の名に由来する。

278「シャルマナサル」　サマリアを占領し、イスラエル人を俘囚としたアッシリアの王シャルマナサル（在位前八五八—二四）。列王記下第一八章九—一二節。

280「全世界の不思議、バビロン」　古代バビロニアの首都。ネブカドネツァルが築いた空中庭園は世界の七不思議の一つに数えられる。

281「これを再建した者」　ネブカドネツァル（前六〇四—前五六二）。二度のバビロン捕囚については列王記下第二四章一三—一五節、第二五章一一節参照。

284「キュロス」　キュロス二世（前五九九頃—前五三〇）。アケメネス朝ペルシアの王。エズラ記第一章一—八節。

285「バクトラ」　ペルシア、バクトリア州の州都。現在のアフガニスタン北部のバルフ。

286「エクバタナ」　メディア（三一九行目注）の首都。クセノフォンによればペルシア王の夏の宮殿があったという。

287「ヘカトムピュロス」　ギリシア語で「百の門」のある都市。パルティアの王宮があった。

288「コアスペス河畔のスサ」　ペルシア王の冬の宮殿があった都市。エステル記第一章二節。

のちに知られたものとしては、*エマティア人やパルティア人の手になる
大都*セレウキアや、*ニシビス、そして向こうには、
*アルタクサタ、*テレドン、*クテシフォンの町々、
目をめぐらせば、たやすく見えるはずだ。
これらすべての町をパルティア人は、（今は昔
この帝国を最初に築いた、偉大なる*アルサケスに
率いられて）奢れる*アンティオケの
王たちから奪い取り、己の手中に収めた。
そしてまさに今、あなたは、彼の偉大な権力の
有様を目の当たりにすることになる。というのも今や
パルティア王はクテシフォンに全軍を召集して
スキタイ人に向かわせた。彼らが野蛮にも
攻めこんで、*ソグディアナ地方を荒らしたからである。
この地方を助けんと、王は急いで進軍する。見よ、遠くからではあるが、
彼の幾千の軍勢がいかなる武装をして繰り出してくるかを。
彼らの武器は鋼鉄の弓箭《きゅうせん》、

逃げるときも追うときも、それはひとしく恐るべき武器である――
全員、騎馬にまたがって戦うことに秀でている。
彼らがいかなる隊形を組んであらわれるかを見よ、
菱形、楔形、半月形、翼形。」
*彼は目をこらした。すると、なんと数知れぬ数の軍勢が、
市の城門から吐き出されてくることか。軽武装の武者が、

290「エマティア人」　マケドニア人。

291「セレウキア」　アレクサンドロス大王の後継者のひとり、セレウコス一世（前三五〇年代初―前二八一）がティグリス河畔に築いた都。

291「ニシビス」　西メソポタミアの都市。現在のトルコのヌサイビン。

292「アルタクサタ」　アラクセス川流域にあるアルメニアの古都。

292「テレドン」　ペルシア湾北岸にあるバビロニアの都市。

292「クテシフォン」　ティグリス川沿いでセレウキア対岸の都市。パルティア王の冬の宮殿があった。

295「アルサケス」　（在位前二四七・二三八頃―前二一〇頃）イラン系遊牧民パルノイの族長。アルサケスは「英雄」の意。セレウコス朝領のパルティア州で自立し、パルティア王国（前二四七・二三八頃―後二二四・二二六）の開祖となる。

296「アンティオケ」　セレウコス朝の首都。

302「ソグディアナ地方」　サマルカンドを中心とするザラフシャン川流域の古名。

310「彼」　イエス・キリスト。

鎖かたびらを身につけ、いくさに心を高ぶらせている。
馬も鎖かたびらをまといながら、なお敏捷に、力強く、
踊り跳ねて騎士たちを運んだ。この騎士たちこそ
多くの属州の隅々から集められた騎兵の精華。
東は*アラコシア、カンダハルから
*マルギアナを経て、コーカサスの*ヒルカニアの断崖と、
鬱蒼たる*イベリアの谷に至る属州、
また*メディアの*アトロパティアと、それに隣接する
*アディアベネの平原、*スシアナの
南方から、*バルサラの港に至るまでの国々まで。
彼は見た、彼らが戦闘隊形に並んで、
いかに迅速に旋回し、*逃げながらも背後に、
追っ手の正面に向かって、叩きつける霙《みぞれ》のような矢の雨を
浴びせかけるのを。逃げて勝つとはこれである。
甲冑で埋め尽くされた戦場は、鳶色にきらめいていた。
また雲霞の如き歩兵も、両翼には、徒歩《かち》の戦にも備えて、

胴よろいに身を固めた重騎兵も、戦車隊も、
背中に櫓を組んで射手たちを乗せた象の群れも、
先発隊として働く大勢の工兵隊も、欠けてはいなかった。
工兵隊は、鋤や斧を装備して、
丘を平らにし、林を倒し、谷を埋め、
あるいは、平らであったところに丘を築き、
驕れる川には、軛《くびき》をかけるように橋をかけた。

316「アラコシア」インダス川の西側の地域。現在のパキスタン、バルチスタン地方。

317「マルギアナ」カスピ海の東側の地域。

317「ヒルカニア」カスピ海の南岸一帯。

318「イベリア」現在のジョージア。

319「メディア」カスピ海南西部にあり、前五五〇年ペルシアに併合された古王国。

319「アトロパティア」メディア北部の属州。

320「アディアベネ」ニネヴェ近くの平原。

320「スシアナ」ペルシア湾北岸の地域。

321「バルサラ」現在のイラク領バスラ。

323「逃げながらも…矢の雨を浴びせかけるのを。」パルティア人は騎乗の射手として有名で、逃げながら放つ矢をParthian shotと言う。

その後には驢馬《らば》、駱駝、ひとこぶ駱駝、
武器を満載した荷車が続いた。
これほどの軍勢が集まったことも、広い陣営が布かれたことも、
*騎士物語に歌われるとおり、かのアグリカン王が、
北方の全軍を率いて、アルブラッカを包囲したときとてなかったことである。
そこはガルラフローネ王の都、そこから
絶世の美女アンジェリカを、
異教徒といわず、シャルルマーニュの臣下といわず、
多くの勇壮な騎士たちに求婚されていた王女を奪わんとしたのだ。
目の前の軍勢はかくの如く、かつ多数であった。
この光景を見ると悪魔はいっそう図々しくなって
われらの救い主に、再びこう語った、
「しっかりとあなたを守る安全策を充分に考えもしないで、
あなたの勇気につけこむようなことを私がするはずがないと
あなたに知ってもらうため、しかと聞かれよ、
なんのために私があなたをここに連れてきて、

あのように見事な景観を見せたかを。あなたの王国は、
預言者や天使によって予言されてはいるが、
父祖ダビデが行ったように、あなた自身が努力しなければ
手に入れることは決してできないだろう。
どんな事、どんな人に於いても、予言にはつねに手段が欠かせない。
使える手段がなければ、せっかくの予言も泡になってしまう。
たとえ、あなたが、ひとりの敵対者もなく、サマリア人やユダヤ人、
すべての人の心からの同意によって
ダビデの王座を手に入れても、ローマとパルティアのような
二つの隣接する敵国の間で、どうして
長い間、その王座を安穏無事に享受しうると
期待できようか。だから、二国のうちの一つを

338「騎士物語に…王女を奪わんとしたのだ」　ボイアルド（一四四一―九四）の叙事詩『オルランド恋情』第一巻の物語。タタールの王アグリカンはカターイ（中国）の王ガルラフローネの城塞都市アルブラッカを包囲し、王女アンジェリカを手に入れようとする。アンジェリカはカール大帝（シャルルマーニュ）の騎士オルランドらを魅了する美女。

確実に自分のものとしなければならない。私に言わせれば
まずパルティアだ、より近い上に、最近、あなたの国に
侵入し、荒らすことができると分かるや、
*アンティゴヌスと老ヒルカノスというふたりの王を
ローマの後ろ盾があるにもかかわらず、縛りあげ、
捕虜として連れ去ったからだ。パルティア人を
あなたの意のままにさせることが、私の務め。
征服か同盟か、どちらか好きな方を選ぶがよい。
パルティア人、しかもパルティア人によってのみ、
あなたはダビデの真の後継者として、
王座を回復することができる――
それは、あなたの同胞、*十支族の解放である、
彼らの子孫は、いまだパルティア人の国にあって、
*ハボルで、またメディア人の間に散らされて、労役に服している。
ヤコブの十支族、ヨセフの二支族は、かつてその先祖たちが
*エジプトの地で労役に服したように、かくも長く

イスラエルの地を奪われて労役に服している。
彼らを救うことを、今、私はあなたに提案している。
もしあなたが、彼らを隷従から救いだし、
嗣業の地へ連れ戻すならば、そのとき、初めてあなたは
豊かな栄光に包まれて、ダビデの座につき、
*エジプトからユーフラテスまで、いやその先まで統治し、
ローマもカエサルも恐れる必要はないであろう。」

366 「アンティゴヌスと老ヒルカノス」いずれもユダ王国の統治者。アンティゴヌスは実際にはパルティアと結託して前四〇年、ユダ王国に攻め込み、叔父のヒルカノスを捕虜にした。アンティゴヌスはその後、ヘロデ王とアントニウスによって殺害される。彼がパルティアの捕虜となったというのは、ミルトンの誤解かサタンの嘘。
374 「十支族」ヤコブには十二人の息子がおり（創世記第三五章二二—二六節）、それぞれ支族を形成、ヤコブの子ヨセフの二人の息子も支族を形成した。このうちイスラエル王国を形成した十の支族は、前七二二年、アッシリアに攻められ（列王記下第一七章六節）、メソポタミアとメディアで捕囚となった。
「ヤコブの十支族」は「ヨセフの二支族」を含んでいる。
376 「ハボル」ユーフラテス川支流のハボル川流域。
378 「エジプトの地で労役に服した」出エジプト記第一章一—一四節。
384 「エジプトからユーフラテスまで」創世記第一五章一八節。列王記上第五章一節。

　これに対し、われらが救い主は、動ずることなく、こう答えた、
*「肉の腕、脆《もろ》い武具、長い時間をかけて準備しても、
たちまち無に帰してしまう武器の数々といった、
どんなに見せびらかしても空しいものを、
おまえは私の目の前に並べたてた。そして耳元には多くの計略、
敵軍、援軍、戦闘、同盟についての
遠謀深慮の術策を吹き込んだ、
これは俗世間にはもっともらしく見えようが、私には無価値なことだ。
手段を用いなければならない、とおまえはいう、
さもないと、予言も無効となり、王座も得られまい、と。
*おまえに言ったように私の時はまだ来ていない
(その時は、はるかな先であればあるほど、
おまえには好都合だろうが)、その時が来たら、
私が自分の役割を果たすのに怠慢だなどと思うな、
また、おまえの政略的な処世訓や、さっき見せた、
あの煩わしい軍備が必要だとは思わぬがよい、

あれは、人間の強さよりは、むしろ弱さを示す証拠だ。
おまえが私の同胞と呼ぶ、かの十支族を
私が救わねばならない、とおまえは言う。真にダビデの後継者として
王位に即き、その王権を、すべてのイスラエルの子らの上に
正当な範囲の限り、充分に揮うことを意図するならば。
それにしても、おまえのこの熱意は、どこから来るのか？
イスラエルや、あるいはダビデ、その王座に対する
あの時の熱意はどこにあったのか？　*おまえがダビデを誘惑して、
イスラエルの人口を数えるという傲慢の罪を犯させた時だ。
あれは三日間の疫病で、七万人のイスラエル人の命を
奪うことになったのではないか？　あのときイスラエルに対する
おまえの熱意は、今、私に対するものと全く同じ類のものだ。

387「肉の腕」　人の力。歴代誌下第三二章八節、「人の力」（'an arm of flesh' 英訳聖書）エレミヤ書第一七章五節参照。

396「おまえに言ったように私の時はまだ来ていない」　第三巻一八二行。ヨハネによる福音書第七章六節。

409–「おまえがダビデを誘惑して…奪うことになったのではないか？」　歴代誌上第二一章一―一四節。

かの捕囚の種族のことを言えば、他ならぬ彼ら自身が、
自らの捕囚を引き起こしたのだ。神から離れて堕落し、
*子牛などエジプトの神々を拝むに至り、
つぎには、*バアルに、*アシュトレト、
そして、周りの異教徒たちのすべての偶像を崇拝し、
その上、*異教徒たちも犯さぬほどの重い罪をさえ犯した。
捕囚の地にいるときでも、みずから
謙《へりくだ》ることもなく、悔い改めて
先祖の神を求めることもしなかった。
悔い改めることもなく、かの地に死んで、後には
彼ら自身によく似た、一種族を残した。
*空しい割礼による他は、異教徒とほとんど区別できない輩で、
彼らの礼拝では、神と偶像とを密接に結びつけていた。
解放されても、謙ることもなく、悔い改めもせず、回心することもなく、
そそくさと古い先祖の地へ帰り、
再び、おそらくは、*ベテルやダンの

彼らの神々に舞い戻る人たちの自由を私が
考えなければならないだろうか？　いや、彼らには、
偶像と神とに兼ね仕える敵に仕えさせよう。
しかし神は、*アブラハムとの約束を忘れず、
ついには、神自身に最もよくお分かりのときに、ある不思議なお召しによって
彼らを悔い改めさせ、真実な心に立ち返らせ、
彼らが喜んで祖国へ急ぐとき、
*アッシリアの川を分けて、渡らせたもうだろう、
かつて彼らの先祖が約束の地へ渡ったとき、

416「子牛など…拝むに至り」　列王記上第一二章二八節。

417「バアル」　豊穣の男性神。列王記上第一八章一六―四〇節。

417「アシュトレト」　豊穣と性愛の女性神。バアルの配偶神。士師記第二章一三節。列王記上第一一章五節。

『失楽園』第一巻四二二行。

419「異教徒たちも犯さぬほどの重い罪」　人身御供。エレミヤ書第一九章五節。

425「空しい割礼」　ローマの信徒への手紙第二章二五節参照。

429「ベテルやダン」　ベテルはパレスチナ中部、ダンは北端の都市。列王記上第一二章二八―三三節。

433「アブラハムとの約束」　創世記第一五章一八節。

437「アッシリアの川」　ユーフラテス川。イザヤ書第一一章一五―一六節。

*紅海とヨルダン川を分けたもうたように。
私は、彼らを、神のよき時と摂理に委ねる。」
　そうイスラエルの真の王は言った、これは悪魔に対する
ふさわしき返答であって、悪魔のすべての奸計を無効にした。
真理と虚偽が争うときは、こうなるものである。

439「紅海とヨルダン川を分けたもうた」出エジプト記第一四章二一―二二節。ヨシュア記第三章一四―一七節。

第4巻

誘惑者は、己が不首尾に困惑し、うろたえて
立ちつくし、なんと答えるべきか返事に窮していた。
虚偽を暴かれ、何度も希望を挫かれたからである。
彼の弁舌を滑らかにし、イーヴにはあんなに旨くいった、
説得力に富む修辞学が、ここではほとんど効果なく、
無駄だった。しかし、イーヴはイーヴである。
こちらの男は、はるかに彼、悪魔の力を凌ぐ強敵であった。
自惚れで弁《わきま》えがなくせっかちな彼は、戦わねばならぬ相手の力も、
自分の力も、前もって、よく考えておくことをしなかった。
奸智にかけては無類とされた男が、よもや彼の思いも
しなかったところで、足を掬われると、
名誉を挽回するため、また、悔しさのあまり、
またも挑んで、またも打ち返され、
恥の上塗りになるだけなのにそれでも決してやめないように、
あるいは、葡萄の収穫期、虫の大群が、
甘い果汁が絞り出される絞り器のまわりに、どんなに追い払われても、

その都度、やかましい羽音をたてて、戻ってくるように、
あるいは、堅い岩に打ち寄せる波が
いかに粉々に砕けても、打ち寄せるのを繰り返し、
無駄な攻撃を続けて、果ては、泡かあぶくになるように、
それと同じように、サタンは繰り返し退けられて、
恥ずかしいことに、もう何も言えなくなってしまい、
成功は絶望的なのに、まだ諦めようとはせず、
しつこく空しい要求を続ける。
彼は、われらの救い主を、かの高い山の西側へ
連れて行った、そこからは、また別の平野が見渡せた。
縦には長いが、横は幅が広いわけではない、
南は海に洗われているが、北方は
幅いっぱいに、*山脈を背にしていたから、
大地の稔りも、人の住まいをも
冷たい北風から守られていた。その中央は、
山脈から流れ出る*川によって分けられ、

この川の両岸に帝国の首都は存在した。
七*つの小さい丘の上には、高塔、神殿が
誇らしげに聳え立ち、宮殿、
柱廊、劇場、浴場、水道橋、
彫像、戦勝記念物、凱旋門、
庭園や木立などに飾られた景色が、
立ちはだかる山脈の上にあらわれ、彼の目に入ってきた。
なにか不思議な視差、あるいは視力を助ける
技術によって空中で拡大されるのか、それとも
望遠鏡によるのかは、究明したいところである。
が、誘惑者はここで沈黙を破って、こう切り出した、
「あなたの目に映る、この都市こそ、ほかならぬ、
偉大で栄光に満ちたローマ、地上の女王として

29 「山脈」 アペニン山脈。
32 「川」 テベレ川。
34 「七つの小さい丘」 古代ローマは七つの丘を中心に築かれた。

あまねく知られ、諸国からの戦利品に
溢れている。また、むこうには*カピトリヌスの神殿が、
難攻不落の城砦である*タルペイアの岩山の上に、
他を圧して堂々たる頂を聳えさせているのが見え、
そして向こうのパラティヌスの丘に
*皇帝の宮殿、その広大な敷地に、最も優れた
建築家たちの熟練の技なる高い建造物が
遠目にも著しい金色の胸壁、
*小塔、テラス、燦めく尖塔と共に見える。
そのほかにも神々の住まいの如き
多くの美しい建物を（私が旨く空中拡大鏡を調節したので）
その外側も内側も見ることができる。
柱、屋根、その彫刻も
名だたる名工の手になる作品で、
香柏、大理石、象牙、黄金製。
そこからあなたの目を城門に転じてご覧なさい、

いかに多くの人が出ていったり、入ってきたりするかを。
堂々たる礼服をまとって、その任地に急ぐ、
あるいは、帰途にある*法務官《プラエトル》や、*地方総督《プロコンスル》、
権力の象徴である職杖をもった*先払い《リクトル》、
歩兵大隊と中隊、歩兵の脇につく騎兵小隊と大隊の姿もあれば、
あるいは遠隔の地から来る使節たちが
色とりどりの服装で、*アッピア街道や
*エミリア街道を上ってくる、ある者は最南端

47「カピトリヌスの神殿」 七つの丘の一つカピトリヌスの丘にあるジュピターの神殿。

48「タルペイア」 カピトリヌスの丘の一番険しい断崖。

51「皇帝の宮殿」 七つの丘のひとつパラティヌスの丘にあった皇帝ネロの「黄金の家」。ただしキリストの時代にはまだ建っていない。

54「小塔」「尖塔」 古代ローマには小塔や尖塔はなかった。サタンの誇張か?

64「法務官《プラエトル》」 執政官《コンスル》に次ぐ最高行政官。任期後は執政官《コンスル》同様、属州を割り当てられて総督となった。

64「地方総督《プロコンスル》」 執政官《コンスル》経験者の属州総督。

65「先払い《リクトル》」 束桿《そっかん》を持って執政官を先導した下級官吏。

68「アッピア街道」 ローマからブリンディジに至る街道。

69「エミリア街道」 リミニからピアチェンツァに至る街道だが、ここではローマとリミニを結ぶフラミニ

*シェネーの出身者、または*影が南北両側に落ちる
ナイル川の島*メロエの人たち、さらに西方、
*黒ムーア人の海にまで至る*ボッコス王の領土の民たち、
アジア諸王（そのなかにはパルティア王も含めて）の民、
さらにインドや黄金のマレー半島、
インド最果ての島*タプロバネからの人たち、
彼らは浅黒い顔に白い絹のターバンを巻いている、
ガリア、カディス、西のブリテンからの人々、
ドナウ川のかなたアゾフ海の北に住む
ドイツ人、スキタイ人、*サルマティア人。
諸国民は皆、今や、ローマに、
ローマの偉大な皇帝に臣従を誓う――
*広大な版図を占める広い国土、財力と権力、
洗練された礼儀作法、芸術と武力、
長期にわたる名声、あなたがパルティアよりこちらを
選ぶのは当然であろう。これら二つの王国以外は

どれも野蛮で、辺境の弱小な王たちに
分有され、ほとんど顧みるに価しない。
これらを示したからには、私はあなたに世界中の
すべての王国と、そのすべての栄光を示したことになる。
が、*この皇帝には息子がなく、今や年老い、
老いたくせに淫乱で、ローマを離れ、
カプリの島に引き籠もった。島は小さいが堅固で

ア街道を指す。
70 「シェネー」 エジプトのアスワン。ローマ帝国の最南端。
70 「影が南北両側に落ちる」 赤道と北回帰線の間では、夏には南に、冬には北に影が落ちる。
71 「メロエ」 プリニウスによれば古代エチオピアの首都。
72 「黒ムーア人の海」 モロッコ、アルジェリア沖の地中海。
72 「ボッコス王」（在位前一一八―前九一）。北アフリカのマウレタニア王。マウレタニアは現在のモロッコ、アルジェリアにあたる古王国。
75 「タプロバネ」 セイロンもしくはスマトラ。
79 「サルマティア人」 ポーランドおよびヴォルガ川以西のロシアにいた民族。
82 「広大な版図」 サタンはローマの版図を誇張している。
90 「この皇帝」 ティベリウス。第三巻一五八行。二七年にカプリ島に隠棲した。

カンパニアの沿岸にあり、ここに人目を避けて、
ひとり恐ろしい情欲を享楽するためだ。
一切の国事は、ひとりの腹*黒い寵臣に任せ、
それでいて彼を疑っている。
かくて、みんなに嫌われ、そして嫌っている。
あなたのように、王者の徳を具えた人が
出現し、気高い行いを始めるなら、なんと容易く、
この怪物を、今や汚穢の巣と化した玉座から
放逐し、彼に代わって玉座に昇り、勝利の民を
奴隷の桎梏から解放することだろう！
私が助ければ、あなたには出来る。*私には力が
与えられている、その権限によって、その力をあなたに与える。
それゆえ、まさしく全世界を得んと努めよ、
最高のものを目指せ、最高のものに届かなければ、
預言に何とあろうと、あなたがダビデの座に
坐ることはできないし、坐っても長くは続かないだろう。」

それに対し、神の子は、動ずることなく答えた、
「贅沢三昧のこの豪華さを、堂々と見せつけて
いかに華麗と言われようと、
先の武力と同様に、私の目を引きつけはしない、
まして、私の心を。かてて加えて
彼らの贅沢な飽食、豪華な宴会、
橘《シトラス》材や、*アトラス産出の大理石の食卓
（話に聞いたことがあり、おそらくものの本で読んだこともあるが）
*セティア、*カレス、ファレルノ、*キオス、クレタ産の
さまざまなワインを、宝石や真珠の鋲に飾られた

95「腹黒い寵臣」 セイアヌス（前二〇頃―三一）。陰謀家として知られ、ティベリウスの隠棲後、政治を専断。三一年執政官《コンスル》に選ばれたが、ティベリウスによって処刑された。

103–「私には力が…あなたに与える。」 ルカによる福音書第四章六節。

115「アトラス」 モロッコ南西部からチュニジア北東部に至る山脈。

117「セティア」 現在のセッツェ（イタリア中部ラツィオ州の町）。

117「カレス、ファルノ」 いずれもカンパニア州の葡萄の名産地。

117「キオス」 エーゲ海東部のギリシアの島。

黄金や水晶、縞めのうの杯で人々が傾ける様子を、
今なお渇き飢える私に語ったところが
変わりはしない。さらに、おまえは、遠方や近隣の
国々からの使節を私に見せたが、これが何の栄誉になるであろう、
空しいお世辞や嘘、異国風の大袈裟なお追従の数々を、
じっと坐って聞いていることは
ただ時間の浪費になるだけだ。さらに、おまえは
皇帝たちのことを語った、いかにたやすく征服できるか、
それがいかに輝かしいことか、と。私なら
野蛮な怪物を追放できると、おまえは言う。だが加えて、
そもそも皇帝をこんなにしてしまった悪魔を追放したらどうだ。
彼の内心を苦しめている良心が、己の正体を暴き、自らを裁くがよい。
私は彼のために遣わされたのではない、またローマ国民
解放のためでもない、かつては勝利者であったが、今は卑しく邪《よこしま》で、
奴隷となって当然の国民だ——かつては公正で、
倹約、温和、節度を重んじ、よく統治したが、

今は従属する諸国に悪政をしき
彼らの属州を剥奪し、物欲と略奪で
すべてを疲弊させてしまった。まずは、
あの、人を見下す虚栄心から勝利への野心を燃やし、
ついでは、獣どうしを戦わせ、また獣の前に人をさらすという
遊戯によって流血に慣れて残酷となり、
富によって贅沢になり、ますます貪欲になり、
日ごとの劇場通いで柔弱となっていった。
賢明で勇敢な人ならば誰が、解放したいと思うだろうか、
みずから奴隷となった、こんな堕落した人たちを？
また*内面から奴隷である人を、外から自由にすることができるだろうか？
それゆえ知るがよい、私がダビデの王座に
即くべき時がきたら、*それはあたかも一本の樹木が、全地に枝を広げ、

145 「内面から奴隷である人を、外から自由にすることができるだろうか？」『失楽園』第一二巻八三―一〇二行参照。
147 「それはあたかも…打ち砕くかのようになるであろう」ダニエル書第四章七―九節、第二章三一―三五節。

全地を覆うかのようになるであろう、
あるいは、一個の石が、世界中の他のすべての王国を
こなごなに打ち砕くかのようになるであろう。
しかも、私の王国には終わりがないであろう。
それに到る手段はあろう、が、手段が何であるかは
おまえの知るべきことではないし、私の語るべきことではない。」
　これに対し、誘惑者は厚顔にも、こう答えた、
「私がする提案を、いかにあなたが軽視するかは
分かった、提案されたものを、すべて拒否したのだから。
気難しい厄介な人を喜ばせるものは何もありはしない、
まして、なんでもつねに反対するような人には。
　いっぽう、あなたには知っておいてもらいたい、
私は、自分が差し出すものには高い価値を置き、
手放すものも無償で与えるつもりはない、ということを。
一瞬にしてあなたが見た、これらすべてのもの、
*世界のもろもろの王国を、私はあなたに与えよう

（私に与えられたものだから、私の気に入った人に与えるのだ）
決して些細なものではあるまい。ただし、条件がある、
他でもない、あなたが平伏《ひれふ》して、私をあなたに勝る主として
あがめ（たやすくできることだ）、そしてこれらすべてを
私から受け取るというのであれば、という前提のもとである。
これほどに大きな贈りものだ、それくらいの値打ちはないだろうか？」
　彼に対し、われらの救い主は侮蔑をこめて、こう答えた、
「私は、おまえの話、ましてその申し出が気に入ったことはないが、
今やどちらにも身震いするほど嫌悪を感じる。
忌まわしい言葉、邪悪な条件を不遜にも口にしたからだ。
しかし、私は、この時を耐えよう。この時が終わるまでは、
おまえは、私を、思いのままに扱う許しを得ている。あらゆる戒めの
最初に「*あなたの神である主を拝み、ただ主に仕えよ」と書かれている。
それなのに、おまえは、神の子にむかって、

163–「世界のもろもろの王国を…前提のもとである。」　マタイによる福音書第四章八―九節。

176–「あなたの神である…主に仕えよ」　マタイによる福音書第四章一〇節。

呪われたおまえを拝せよ、とあえて申し出るのか？
イーヴを試みたときより、いっそう大胆な今回の試みのゆえに
いっそう呪われ、いっそう神を冒瀆するおまえを。
きっと、それを悔やむときがくるだろう。
世界の国々は、おまえに与えられた、というのか？
むしろ、見逃されて、おまえが横領しているにすぎない。
それ以外の贈り物をおまえは何も提供できない。
もし与えられたものとすれば、*王の王、
万物を統べ治める神以外の誰によってであろうか？　もし、おまえに与えられたとすれば、
おまえによって今、正当に、与え主は報いられているだろうか！
感謝の念なぞ、おまえのなかには、とっくの昔に
失われている。おまえには恐れも恥もさらさらなく、
これらの王国を、神の子たる私に、
私のものを私に、しかも、平伏して、おまえを神として
あがめよ、という忌まわしい契約のもとに提供しよう、と言う。
*わが後ろに退け、今や、おまえは、はっきりと正体をあらわした、

かの邪悪なる者、永遠に呪われたサタンであることを。」
　彼に向かい、悪魔は恐怖にうろたえて、答えた、
「神の子よ、そんなにひどく怒りたもうな、
天使も人間も共に神の子ではあるけれど、
彼らよりも高い意味で、あなたが、
この称号をもつのかどうかを確かめるために、
私が人間と天使から受け取るものすべてを、
つまり、火、風、水を支配する者たちから、そしてその上、地上の
四方の諸国民から受け取るものを、私が、*この世界と地下の世界より、
呼び出された神として、差し上げようと申し出たのだから。
それゆえ、あなたが誰であるか、あなたの来られることが、
私の命取りになると言われているだけに、たいそう気になるのだ。
今度の試練は、あなたには何の害も与えなかったばかりか、

185「王の王」　テモテへの手紙一第六章一五節。ヨハネの黙示録第一七章一四節、第一九章一六節。

193「わが後ろに退け」　マタイによる福音書第四章一〇節。

202–「この世界と…呼び出された神」　コリントの信徒への手紙二第四章四節「この世の神」参照。

むしろ、より高い名誉と、より高い評価をもたらした。
だが、私には何の得にもならず、狙ったものも失ってしまった。
だから、この世の王国などは、どうせ束の間の儚いものだから、
成るがままにしよう。私は、もうあなたに勧めはしない、
取れるなら取るもよし、また、取らぬもよし。
むしろあなた自身の心は、この世の王冠などよりは、
もっと他のことに傾き、はるかに
瞑想や深い議論に耽っているように見える。
それは、あの幼いときの行動によっても分かる。
あのとき、*あなたは母上の目を逃れて、
ひとりで神殿に行き、そこで
たいそう偉い教師《ラビ》たちにまじり、
*モーセの座にふさわしい議論の問題点を論じ、
教えられもしないのに、教えている姿が見られた。
朝が一日をあらわすように、子供時代で、その人が分かる。
それゆえ、知恵によって有名になりなさい。

あなたの帝国が拡大しなければならないように、知識において、
あなたの心を全世界に拡げ、すべてのものを心のなかに取込みなさい。
すべての知識が、かならずしも、モーセの律法、
*五書、あるいは預言者たちの書いたもののなかに収まっているわけではない。
異教徒たちもまた、自然の光に導かれて、驚くほどに
よく知り、書き、そして教えている。
そして異教徒たちと大いに言葉を交わし、説得によって
彼らを支配しなければならない、というのが、あなたの意図だ。
としたら、あなたが彼らのことを知らなくて、どうして彼らと、
また彼らがあなたと、ふさわしい会話ができるだろうか？
どうやって、彼らと議論し、どうやって
彼らの偶像崇拝、伝統、逆説を論破するおつもりか？

216–「あなたは母上の眼を逃れて、…姿が見られた。」　ルカによる福音書第二章四一―四七節。第一巻二〇九行、第二巻九六行参照。

219「モーセの座」　権威ある座。マタイによる福音書第二三章二節。

226「五書」　旧約聖書の最初の五書（創世記、出エジプト記、レビ記、民数記、申命記）。モーセの律法はこのなかに書かれている。

誤謬は、みずからの武器によって、最もよく破られるもの。
この展望のきく山を下りるまえに、もう一度
西方を、もうちょっと南西に近い方角を、ご覧なさい。
エーゲ海の岸辺に、一つの都市があるのを見て下さい、
痩せた土地だが、空気は澄み、見事な建物が建っている。
これぞ、アテネ、ギリシアの瞳、学芸と雄弁の母、
名ある賢者たちを産み、また、歓待《もてな》したところ、
その市中や郊外の心地よい隠れ家、
思索を誘う小径や、木陰において。
見てご覧なさい、むこうの*アカデメイアのオリーヴの森を。
プラトンが籠もっていたところ、*アッティカの鳥が、
長い夏の間、喉を震わせて、美しい調べを囀っている。
そこでは、花咲く丘、*ヒュメットゥスが、勤勉な蜜蜂の
羽音をもって、人を深い学の思索に誘い、また、
*イリッサスの流れが、転がりまろぶような瀬音を
囁いている。次に、城壁のなかを見なさい、

いにしえの賢者たちの学舎《まなびや》、
世界を征服する偉大なアレキサンドロスを育てた師*の
学舎*リュケイオンはあそこ、次は彩色された*ストア（柱廊）。
この都で、あなたは、声または手で奏でられる音調や
様々な韻律の詩歌を聞き、
そこに秘められた調和《ハーモニー》の力を学ぶことになろう。
*イオリア調の歌や、*ドーリア調の抒情的な頌歌《オード》、

244 「アカデメイア」 プラトンがアテネ郊外に開設した学園。
245 「アッティカの鳥」 ナイチンゲール。アッティカはアテネを中心とする国。アテネ王パンディオンの娘ピロメラがナイチンゲールに変身した神話に因むか。ソポクレス『コロノスのオイディプス』に、（アカデメイアに近い）コロノスでは「澄んだ音色のナイチンゲールが絶え間なく、鳴きしきる」（六七一―七二行）との合唱隊《コロス》の台詞がある。
247 「ヒュメットゥス」 アテネ南東の丘陵。
249 「イリッサス」 ヒュメットゥスの丘からアテネに流れる川。
252 「師」 アリストテレス（前三八四―前三二二）。
253 「リュケイオン」 アリストテレスが開設した学園。城壁のなかではなく郊外にあった。
253 「ストア（柱廊）」 原文‘Stoa’柱廊を意味する。アテネ中央広場にフレスコ画が描かれた柱廊があり、ここでゼノン（前三三五―前二六三）が教えたことからストア派の名称が生まれた。
257 「イオリア調の歌」 イオリア方言で書かれたアルカイオス（六二〇頃―？）やサッポー（前七世紀後半

これらの歌に生命の息を吹き入れ、より高らかに歌ったのは、
*メレス川のほとりで生まれた、*盲目ゆえにホメロスと呼ばれた詩人、
その詩を、*ポイボスまでが、自分の詩だと言い張るほどだった。
次には、気高く厳かな*悲劇作家たちが、
*合唱隊《コロス》や短長格を用いて教えたことを聞きなさい。
彼らこそ、道徳的な思慮を教える最良の教師だ。
人生における運命や、偶然や、有為転変を扱いながら、
それが短い、歯切れのいい教訓で語られるので、楽しく受け入れられる。
それは高邁な行動や高潔な熱情を最も良く描くものだ。
次には、有名な弁論家たちに、かのいにしえの雄弁家に
向かいなさい、彼らの抗いがたい雄弁は
かの荒々しい民衆を、意のままに操り、
*武器庫を揺るがし、怒声はギリシア全土を越え、
マケドニアや*アルタクセルクセス王の玉座にまで轟いた。
次には、賢明なる哲学に、あなたの耳を貸しなさい、
哲学は天から、ソクラテスの低い屋根の家に降った、

——あそこに彼の借家が見える——
霊感に溢れた彼のことを、神託は、人間のなかで
最も賢い者だ、と宣言した。彼の口から流れ出た
蜜のように甘い流れが、プラトンによるアカデメイアの
新旧すべての学派を潤した、

——?·）の詩。

257「ドーリア調の抒情的な頌歌《オード》」ドーリア方言で書かれたピンダロス（前五二二頃—前四四二頃）の頌歌《オード》。

259「メレス川」イオニアの川。

259「盲目ゆえにホメロスと呼ばれた詩人」「ホメロス」は盲目を意味するとの俗説に基づく。ホメロス（前八〇〇年頃）は前述の詩人たちより前の時代の詩人。

260「ポイボス」「輝ける者」の意で太陽神としてのアポロの呼称。アポロは詩歌や音楽の神でもあった。

261「悲劇作家」アイスキュロス（前五二五（四）—前四五六）、ソポクレス（前四九六頃—前四〇六）、エウリピデス（前四八五頃—前四〇六頃）。

262「合唱隊《コロス》や短長格」ギリシア悲劇は合唱隊《コロス》の部分はさまざまな韻律で、台詞は短長格で書かれた。

270「武器庫を揺るがし」デモステネス（前三八四—前三二二）は演説で武器庫の建設を中止させ、マケドニアに対する戦費に回させた。

271「アルタクセルクセスの王座にまで轟いた」ペリクレス（前四九五頃—前四二九）は、ペルシア王アルタクセルクセス一世（在位前四六五—前四二四）に反乱を起こしたエジプトを支援するようアテネ市民を鼓舞した。

加えて*逍遙学派の異名をとった人たちや、
*エピクロス派、厳しいストア派までも。
ここでなり、また、好きなように家でなり、これらのことを考えなさい、
やがて、あなたが、王国の重荷を背負えるようになれるまで。
これらの教えは、あなたを、自ら全き王とするであろう、
これに帝国の領土が加われば、ますます完璧な王となれる。」
　これに対し、われらの救い主は、思慮深く、こう答えた、
「私がこれらのことを知らないと思うな、
たとえ知らないと思うにしろ、それゆえに
知るべきことを知らぬとは思うな。
上からの光、光の泉からの光を受ける者は、
その他の教えを必要としない、それが真理と認められていても。
だがそれらは虚偽であり、なんら確実なものの上に築かれざる
夢想、臆測、空想で、それ以外の何ものでもない。
彼らすべてのなかの、*最初にして最も賢明な者は、
自分は何も知らないということだけを知っていると告白した。

次*の者は寓意と心地よい空想に堕し、
三*番目の一派は、意味平明なものでも、すべてのものを疑った。
他に、幸*福は美徳に基づくとした人々もあったが、
その美徳は富貴や長寿に結びつくものであった。
肉*体的な快楽や、気楽な安逸を、よしとする者もあった。
最後に、ストア派は、哲学者固有の誇りを持ち、
それを美徳と呼んだ。それゆえ有徳者を、
神に等しく賢明にておのずから完全、すべてに足れる者として、
しばしば、神にもまして、よしとすることを恥じない。

279 「逍遙学派」 アリストテレス学派。アリストテレスがリュケイオンの園を逍遥しながら、門弟に教えたことから。
280 「エピクロス派」 エピクロス（前三四一—前二七〇）が感覚を重視したことから快楽主義とされ、禁欲的なストア派と対比される。
293 「最初にして最も賢明な者」 ソクラテス（前四六九—前三九九）。
295 「次の者」 プラトン（前四二七—前三四七）。
296 「三番目の一派」 ピュロン（前三六〇—前二七〇頃）を初めとする懐疑論者。
297 「幸福は美徳に基づくとした人々」 逍遙学派。
299 「肉体的な快楽や、気楽な安逸を、よしとする者」 エピクロス。

ストア派は、神をも人をも恐れず、すべての
富、快楽、苦痛や苦悩、死も生も蔑み、
自ら欲するときに、生を捨て、また捨てうることを誇る。
だが所詮、その退屈な長広舌は空しい自慢か、
論破されることを逃れる小賢しい策略にすぎぬ。
ああ！　彼らは誤り導くことなく、何を教えることができるのか？
自らを知らず、まして神を知らず、世界がいかにして
始まったか、人間がいかにして堕ちたか、自ら堕ちて、
恩恵に頼っているのも、弁えていない。
魂について多くを語るが、すべて的外れである、
己のなかに徳を求め、また、
すべての栄光を己のものとし、神には少しも与えない、
それどころか、神に、運命とか、宿命という、
ありきたりの名をつけ、人間のことを全く顧みぬ者として
非難する。それゆえ、こんななかに、真の知恵を求めても、
見出すことはできず、むしろ一層悪い錯覚に

惑わされて、似て非なる類似物に出会うのみ、
それは空しい雲だ。しかしながら、賢者たちは言っている、
*多くの書物は体を疲れさせる、と。絶え間なく読むばかりで、
その読書量に匹敵する、あるいは、それ以上の、
心魂を傾けた判断を持ち込まなければ、
(持ち込むものを、なぜ他に求める必要があろうか?)
いつまでも確信はもてず、落ち着かないままだ。
書物には通暁しても、心の内面は浅薄なままであり、
読みこなす力もなく、酔っぱらい同然、廃棄するにふさわしい
玩具のようながらくたを、さも宝物のように集めている、
まるで、浜辺で小石を集める子供みたいなものだ。
あるいは、もし私が、私ひとりの時間を、音楽や詩で
楽しみたいと思うならば、母国語におけるほど
すばやく、その楽しみを見出しうるところが、

322 「多くの書物は体を疲れさせる」「書物はいくら記しても果てしなく、体はいくら学んでも疲れるばかり。」コヘレトの言葉第一二章一二節。

どこにあろうか？　われらの、あらゆる律法や歴史には
賛歌がちりばめられ、詩篇には音楽技術的な用語が書き込まれ、
われらヘブライの歌や立琴は、かつてバビロンで
征服者たちの耳を楽しませたことがあった。これらの芸術は、
むしろギリシアがわれわれから導入したことを示している。
だが、悪しき模倣にて、彼らは声高に歌いあげる、
神々の悪徳や、また彼ら自身のそれを、
寓話や賛歌や、あるいは歌謡の形にして。かくて舞台の上に
滑稽な神々や、恥知らずな己自身の姿をさらす。
娼婦の頬の厚化粧のように、こってり塗られて
膨れあがった形容詞を取りのぞけば、残るところは、
益となり、喜びとなるものが僅かに散りばめられているだけで、
*シオンの歌とは比べるまでもなく、無価値なものと、
真の優れた審美眼をもつ人には、分かるであろう。
そこでは、神と、神の如き人々が、正しく称えられる、
神は聖の聖なる方、人は神の聖者として。

そのような歌は神から霊感を受けたもので、おまえからではない。
比べるまでもないとはいえ、万人から全く失われてしまったわけではない自然の光によって、
道徳的美徳が表現されている箇所は別だ。
次におまえは、雄弁家たちを、雄弁術の頂点に
立つ、まことの政治家、愛国者として激賞する、
実際そのように見える人たちである。
だがここにおいても、わが預言者たちにははるかに劣る。
彼らは、神から教えられた者として、
市民政治の確固たる規則を、
堂々として、けれんみのない文体で、
ギリシア、ローマのどんな雄弁術よりも旨く教えているからである。
何が一国を幸福にし、それを持続させるか、
何が王国を滅ぼし、都市を破壊させるか、は、
預言書のなかで、最も平明に教えられ、最も容易に学ぶことができる、

346　「シオンの歌」　詩篇等旧約聖書の韻文。シオンはエルサレムにある丘でダビデとその子孫の王宮があった。

これらだけが、律法と共に、最もよく王者を育てる。」
　こう神の子は言った。サタンは、今や、
全く困りはて、（なにしろ、あらゆる矢は使い果たしたから）
われらの救い主に、険しい表情で、こう答えた、
「富貴も、名誉も、武力も、学問も、王国も帝国も、
また私が、観想的生活もしくは活動的生活において
提案した、光栄や名声を伴う、どんなものも、
あなたを喜ばさぬとなれば、いったい
あなたは、この世で何をしようというのか？　荒地こそ
あなたには、いちばんふさわしいところだ。そこで私はあなたを見出した。
そこへ、あなたを返すことにしよう、だが、覚えておくがよい、
私があなたに預言することを。すぐに、あなたは、
私が申し出た援助を、あんなに気難しく、あるいは用心深く
断るべきではなかった、と、きっと後悔することになるだろう、
受けていれば、短期間のうちに、たやすく
ダビデの王位に、いや、全世界の王位に即けただろう、

年齢足り、時満ち、あなたに関する預言が
最も良く実現される定めの日を迎えられた、と。
ところが今は、その正反対に、私が、何か天にあるもの
あるいは、天が、運命について何か書いているのを、
無数の星が、あるいは個々の星が、
*「合」の相にあって語りかける謎を読み解くならば、
あなたを待ち受けるものは、悲哀と労苦、
反対と憎悪、さらには侮蔑と誹謗、危害、
暴行、鞭打ち、そして最後に残酷な死のみ。
王国を、それらは、あなたに預言しているが、どんな王国か、
現実の王国か、寓意でか、私には分からぬ、
そして、いつであるかも。確かに永遠である、
終りのないように初めもない、星の暦で
あらかじめ定められた日付が、私に示されてはいないから。」

385 「「合」の相」 二つの星が同じ宮に入ること。

そう言うと、彼は、神の子を捕らえ（まだ彼の力が
枯渇してはいないことを知っていたから）、荒野へ
連れ戻り、そこへ置き去りにし、
自らの姿は消えると見せかけた。陽が落ちると
闇が立ちこめ、闇の影の子たる、
真っ暗な恐ろしい夜をもたらした。共に実体のないもの、
闇は光の全くの欠如、夜は陽の不在だ。
われらの救い主は、ひどく急《せ》かされた
空の旅の後にも、柔和に、心乱されることはなかったが、
飢えと寒さのために、休息を求めた。
そこは、木の葉が重なりあって作る木陰で、
腕のように伸びた多くの枝が、互いに絡み合って、
避難した彼の頭を、夜露と湿気から守ることができた。
しかし、彼は守られてはいたが、眠ることはできなかった、
枕もとには、誘惑者が見張っていて、すぐに醜い夢で、
彼の眠りを妨げたからである。そして今や、天の南北、

東西、いずれの端からも、雷が鳴り始めた、雲の
多くの無気味な切れ目から、むやみやたら、激しい雨が
稲光を交えて降り注いだ、水と火が手を組んで
真っ逆さまに落ちてきたのである。
颪*も、石の岩屋に眠ってはいなかった、
世界の四隅から跳び出し、荒れすさぶ荒野に
躍り掛った、丈の高い松は
根も同じように深いけれど、頑丈な樫の木もろとも、
荒れ狂う突風をまともに受けて、堅い頭を垂れたり、
真二つに裂けたりした。その間、あなたは、身を守るものとてなく、
おお、忍耐づよい神の御子よ、それでも、あなたは唯ひとり
揺らぐことなく立っていた。だが、恐怖はそれで終らなかった、
地獄の亡霊や、黄泉に住む復讐の女神たちが、
あなたを取り囲み、咆えるあり、喚くあり、叫ぶあり、

414 「颪も、石の岩屋に眠ってはいなかった、」『アエネーイス』第一巻五二—五四行で、風の神アイオロスが、暴れる風を岩屋に閉じ込めていることへの言及。

あなたに火矢を射かける者さえある始末。その間、あなたは
動ずることなく、静かに、穢れなく穏やかに坐り続けていた。
こうして忌まわしい夜は過ぎていった。やがて美しい朝が、
灰色の肩衣をかけ、巡礼者の足取りもて訪れた。
朝は輝く指で轟く雷鳴を鎮め、
雲を追い払い、風と禍々しい亡霊たちを
抑えた、これらはすべて悪魔が
神の御子を、すさまじいまでの恐怖で試さんと起こしたものであった。
そして今や太陽は、いや増さる力強い光線で
地球の顔《おもて》を元気づけ、うなだれる草や
うなだれる木から、湿気を払い乾かした。
小鳥たちは、一晩中あんなに荒れ狂った嵐が過ぎて
すべてのものが、いっそう瑞々《みずみず》しく、緑鮮やかなのを見ると、
藪や小枝の間で、その極上の調べを奏で、
心地よい朝が戻ってきたことに感謝した。
しかし、この喜びと、輝かしい朝のなかに、

あらゆる悪事をやりつくした後というのに、あの暗黒の王が、
いないわけではなかった。彼もまた、この好ましい変化を
喜ぶかのように見せかけて、わが救い主に近づいた。
が、新たな策はなく（すべては使い尽くされていたから）、
むしろより良い手立ても望めぬまま、この最後の攻撃で、
繰り返し退けられることへの怒りを、
狂おしいほどの腹立たしさを、ぶちまけようと決意した。
御子が、陽のあたる丘の上を歩いているのを、彼は見た、
北と西は、深い森を背にした丘であった。
彼は、いつもの身なりで、森から跳びだし、
さりげない口調で、このように御子に語りかけた、
「神の御子よ、また美しい朝が訪れましたね、
恐ろしい一夜の後に。まるで、地と天とが一つになるような
激しい音が聞こえました、が、私自身は
遠く離れていました。こういう疾風を、人間どもは
天を支える柱の構造にとっても、また、下の地の

見えない基礎にとっても危険だと恐れるけれど、
大宇宙にとっては、取るにたりないものであり、
小宇宙たる人間にとっても嚔《くしゃみ》程度の、
健康的でないにしても、無害で、すぐに過ぎ去るものです。
しかし、嵐は、人間、獣、草木を
襲うときは、しばしば危害をもたらし、
人間社会の争乱にも似た、荒廃と混乱を生むと共に、
人間の頭上で、轟音を立てて、指し示しているようにみえる、
すなわち嵐は、しばしば不幸災難を予告し、迫っていると脅すのです。
今度の嵐は、もっぱら、この荒野に対して吹き荒れた、
人間のなかではあなたに対して。あなただけが、ここに住んでいるのだから。
*私はあなたに言わなかったか、あなたが定めの地位につくため、
私の援助で提供できる絶好の機会を退け、
万事を、運命が働き出すときまで先延ばしして、
いつとも知れぬときに
(いつ、いかにしては、どこにも示されていないから)

ダビデの王座を獲る道を進もうとするなら、
あなたは、きっと成るべく定められた者になるだろう、
天使たちは、そのことを公然と宣言しているが、
時と手段は隠している、どんな行為も最も良く行われるのは、
為さねばならぬ時ではなく、為すのに最善と思われる時である。
もし、あなたがこれに従わないと、
あなたが、イスラエルの王笏をその手にしっかり握るまで、
私があなたに予言したとおりの、多くの困難な試練に、
危険、逆境、苦痛にあうことだろう。
あなたを取り囲んでいる不吉な今夜の、
多くの恐ろしいもの、声、不思議な現象は
確かな前兆として、あなたに警告しているのかも知れない。」
　そう彼は語ったが、その間も、神の御子は歩き続け、
立ち止まることはなかったが、簡単に彼にこう答えた、

467「私はあなたに言わなかったか」第四巻三七五行目以下を指すが、以下の文には破綻が見られる。

「見てのとおり、せいぜい濡れただけで、他にはなんの害も
受けなかった、おまえが恐怖だと言い立てるものからは。
大音声を発しても、すぐそばで脅迫されても、害を受けるとは
思わなかった。それが、何かの前触れ、あるいは凶事の
予兆として、何をしでかそうと、神から送られたのではなく、
おまえの発した偽りの予兆として、私は蔑む。
おまえはどんなに邪魔立てをしても、私が王となることを知り、
差し出がましくも援助を申し出る。
受ければ私がおまえから全権力を得たかに見えるからだ。
野心家の霊よ、そうすれば、私の神と思われるだろうと考え、
拒否すればしたで、おまえは猛り狂い、私を脅しつけて、
自分の意に従わせようとする。やめよ、
(おまえは見破られている、徒労にすぎぬ)無駄に私を煩わすな。」
　これに対し、今や悪魔は、怒りに膨れあがって、答えた、
「では、聞け、乙女より生まれた、ダビデの子よ!
神の子かどうかは、私には、まだ疑問だからだ、

すべての預言者によって預言された救い主については
聞いていた。そしてやがてガブリエルによって告知された
あなたの誕生については、牧人たちと共に最初に知った、
そして、ベツレヘムの野で、あなたが生まれた夜、天使たちが、
救い主としてのあなたの誕生を歌ったことも知っていた。
そのときから、私は目を離したことはない、
あなたの幼児時代、少年時代、そして青年時代、
大人になっても、まだ私人として成長している間は。
やがて、ヨルダン川の川辺に、すべての人たちが、
洗礼を受けるために集まった。私も洗礼を受けるためではなかったが、
他の人たちの間にまじって行き、天の声が、
あなたを、愛する神の子と宣言するのを聞いた。
そのため、私は、ますます近づいてあなたを見、
ますます詳しく調べる価値があると、思った、
神の子と言っても、意味は単純ではない、
いかなる程度、いかなる意味において、そう呼ばれるのか、

知りたいと思ったのである。私もまた、神の子である、いや、あった、
そして、あったのであるならば、今もある。関係は残る。
万人が神の子である。しかし、あなたは、ある観点から
とりわけ優れているとして、そう宣言されたのだと思った。
それゆえそのときから、私はあなたの歩みを見守り、
そしてこの荒涼たる荒野まで、ずっとあなたの後をつけて来た。
そして何をどう解釈しても、
あなたが私の宿命の敵となる、との結論に達した。
それゆえ私が前もって、自分の敵が誰で
何者なのか、その知恵、力、意図を
理解しようと探っても当然のことである。
彼に勝つ、あるいは彼からできるだけのものを勝ち取るには
交渉か妥協か、休戦か同盟か、を探るのもまた当たり前だろう。
ここで私は、あなたを試み、あなたを篩《ふるい》にかける機会を
得たが、あなたという人は、どんな誘惑をも受けないことが
分かった、と白状する。まるで金剛石の大盤石《だいばんじゃく》か、

大地の中心のように不動だ、賢明にして善良な、
一箇の人間としては、ぎりぎりまで堅固だ、
が、それだけのことだ。名誉、金銭、王国や栄光を
軽蔑した人は前にもいたし、これからもいるだろう。
だから、あなたが、天からの声によって神の子と呼ばれるだけの価値がある
人間以上のいかなる者であるかを知るために
今や私は、別の方法に取りかからなければならない。」
　そう言うと彼は、突然、御子を持ちあげ、*ヒポグリフの
翼はないが、空中高く、荒野を越え
沃野を越えて、彼を運んだ。
やがて彼らの眼下には、聖なる都
美しいエルサレムが、数々の塔を高々と聳えさせ、
さらにも高く、あの輝かしい神殿が、
立っていた、遠目には、雪花石膏の山のように見え、

541「ヒポグリフ」　アリオスト『狂えるオルランド』（一五一六）に登場する、前半身がグリフィン（ライオンの胴体に鷲の頭と翼をもつ）で後半身が馬の怪物。

頂上には、数々の黄金の尖塔が建っていた。
その最も高い*小尖塔の上に、彼は
神の御子を降ろして、蔑むようにこう言い加えた、
「立ちたければ、そこに立ちなさい、真っ直ぐに立つには
技が要る。私はあなたを、あなたの父の家に
連れてきて、いちばん高い所に置いた、最高こそ最上。
今こそ、あなたの素性を示しなさい、立つことで示せぬのなら、
身を投げなさい、神の子であれば、安全なはず、
『*神があなたのために天使たちに命じると、
あなたがどんな時にも、決して足を石に
打ち突けることのないように、天使たちは手であなたを支える』
と、書かれているのだから。」
　これに対し、イエスは「こうも書かれている、
『*あなたの神である主を試してはならない』」と言って、立った。
いっぽうサタンは驚愕に撃ちのめされて、落ちた。
あたかも大地の子、*アンタイオスが（小事に最大事に

なぞらえれば)、イラサ*で、ジュピターの子、
アルケイデスと戦い、何度も打ち倒されるが、その都度、
母なる大地から、新たな力を受けとるや、転倒から
再び元気に起き上がって、さらに激しい格闘に加わるも、
ついに空中で喉を絞められ、息絶えて倒れたように、
そのように、かの傲慢な誘惑者も、度重なる失敗にもめげず、
新たな攻撃をしかけるが、その傲り昂ぶる心のままで、
落ちていった、勝利者が落ちるのを見ようと立っていた場所から。
また、かの、謎*をかけては、解けぬ者を

549 「小尖塔」'pinnacle'。マタイによる福音書第四章五節、ルカによる福音書第四章九節。日本語訳聖書では「神殿の端」と訳されている。英訳聖書は'pinnacle'だが、その形状については論争がある。「真っ直ぐに立つには技が要る」とサタンが言っているので、ミルトンは小尖塔と解釈していたものと思われる。
556–「『神があなたの…支える』」 ルカによる福音書第四章九―一一節、詩篇第九一章一一―一二節。
561 「『あなたの神である主を試してはならない』」 ルカによる福音書第四章一二節、申命記第六章一六節。
563 「アンタイオス」 海神ネプチューンと大地の女神テラの間に生まれた巨人。体が大地に触れている間は無敵だったが、アルケイデス(ヘラクレス)に抱え上げられて絞め殺された。
564 「イラサ」 リビアの地名。アンタイオスとアルケイデスの話とは無関係でミルトンの誤解か?
572 「謎をかけては…怪物」 スフィンクス。

喰い殺したテーバイの怪物が、かつて
謎が見破られ、解かれたとき、悲しさと悔しさのあまり、
*イスメヌスの断崖から真っ逆さまに身投げしたように、
そのように、恐怖と苦痛に打ちのめされて、悪魔は落ちていった、
そして、鳩首会議していた仲間のもとへ、もたらしたものは、
彼が望んだ成功の戦利品としては嬉しくもない
破滅と絶望と意気阻喪だけであった、
かつて、あれほど傲慢に神の子を誘惑してみせると言っていたのに。
このようにサタンは落ちた、するとたちまち熾天使の一隊が
翼を帆のようにいっぱいに拡げて、飛んで近づき、
羽毛のある翼の上に、御子を、その不安定な足場から、
そっと抱きとり、爽やかな大気のなか、
浮かぶ寝台の上に乗せたようにして運んだ。
そうして花咲く谷間の、緑の堤の上に
彼を降ろした、そして彼の前に食卓を置き、
神聖な天上の食べもの、

生命の木から摘みとった聖なる果物、
生命の泉から汲みあげた聖なる飲み物を並べた。
それにより、疲れたイエスは、すぐに元気を取り戻し、
どんな飢えも（もし飢えが何か害をなすものであったら）
どんな渇きをも癒した。そして、彼が食事をしている間、
天使の合唱隊は、彼が誘惑と、傲慢な誘惑者に打ち勝った
勝利を称える天上の賛歌を歌った、
「父なる神の真の似姿よ、
至福の懐のうちにいまして、光から光を
受けたもうときも、あるいは、天から遠く離れて、
肉の幕屋に宿り、人の形をとって、
荒れ野をさまようときも、どんな場所、
どんな服装、状態、また活動においても、
あなたの父なる神の御座を狙う者、

---

575 「イスメヌス」　イスメヌス川を見下ろすテーバイの城塞。

楽園を盗まんとする者には、与えられた神の如き力を
揮って、つねに神の子たることを示したもう方よ！
かつて、遠き昔、あなたはサタンを打ち負かし、
その全軍もろとも、天から投げ落とした。
今や、あなたは、躓《つまず》き倒れたアダムの仇を討ち、
かつ、誘惑に勝つことによって、失われた楽園を回復し、
詐欺によって為し遂げられた征服を覆した。
彼は今後二度と楽園に足を踏み入れ、
誘惑することはないであろう、彼の罠は破られた。
たとえ、あの地上の至福の座は失われても、今や
アダムとその選ばれた子孫のために、
より美しい楽園が築かれたのである、あなたは
救い主として、彼らを取り戻すために降られたのである。
時至らば、彼らは、安心してそこに住めるであろう、
誘惑者も誘惑をも恐れることなく。
だが、地獄の蛇よ、おまえは、長く

雲のなかで支配することはないであろう、*秋の星か
*稲妻のように、天から落ちて、*彼の足の下に
踏みつけられるであろう。その証拠に、すでにおまえは、
このたびの挫折でうけた傷を感じている
（まだ最後の、致命の傷ではないけれど）、
そして、地獄に凱旋もできない。*滅び《アバドン》の国は全土で
おまえの暴挙を悲しんでいる。今後は、畏敬の念をもって
神の御子を恐れることを学びなさい。御子は、
まったく何の武器をも持たないで、おまえを、ただその声の恐ろしさだけで、
悪の占有地となった悪魔の巣窟から、
おまえとおまえの全軍を追い払うであろう、彼らは喚きながら逃げ、
*豚の群れのなかに身を隠すことを願うだろう、

619 「秋の星」 流星。
620 「稲妻のように、天から落ちて」 ルカによる福音書第一〇章一八節。
620– 「彼の足の下に踏みつけられる」 マラキ書第三章二一節。ローマの信徒への手紙第一六章二〇節。
624 「滅び《アバドン》の国」 ヨブ記第二六章六節。箴言第一五章一一節。ヨハネの黙示録第九章一一節。
630 「豚の群れのなかに身を隠す」 マタイによる福音書第八章三一節。

御子の命により、縛られて深淵に落とされ、
まだ、その時ではないのに、苦しめられるのを恐れたのである。
栄えあれ、至高者の御子、彼此二つの世界の世継ぎ、
サタンの征服者よ！　あなたの栄えある業に
今こそ着手し、人類の救済を始めたまえ。」
このように、天使たちは、神の御子、柔和なるわれらの救い主を、
勝利者として賛美し、天上の食事で元気を取り戻された御子を、
喜んで送り出した、彼は人目にふれず、
ひとり、母の家へ帰っていった。

あとがき

『復楽園』は、『失楽園』の完成原稿を、かのペスト流行の際（一六六五）、ミルトン一家のチャルフォント・セント・ジャイルズへの疎開を世話したトーマス・エルウッド（一六三九―一七一三）が借覧して述べた感想をもとに書かれたものとされる。

「さきごろ私は、ひとりの人の不従順によって幸福な楽園の失われたことを歌ったが、こんどはあらゆる誘惑にあうも決して屈しなかった、ひとりの人の全き従順によって全人類に楽園が取り戻されたこと」を歌う、とミルトンは第一巻冒頭で言う。

こんど歌う「ひとりの人」とは、イエス・キリストのことである。彼は『失楽園』では、もっぱら父なる「神の子」、「御子」として登場したが、こんどは「人の子」イエスが主人公として歌われるのである。

人の子としての生涯は、受胎・誕生、受洗、試練と続いて後、公的生涯に入り、宣教、贖罪（十字架の死）、復活と続く。ここに描かれたのは、彼の私的生涯、特に試練である。試練はまた誘惑と言い換えてもよい。サタンの誘惑に屈してアダムは楽園を失ったが、イエスは、サタンのあらゆる誘惑を退けた。飢えをいやすパンから始まって、地上のあらゆる権力と繁栄も、ギリシア文化やローマ帝国さえも、神に由来しないかぎり、全ては無価値であるとして、退けたのである。誘惑の順序はルカによる福音書第四章一―一三節をふまえている。

かつて「神の子であった」とは今も「神の子である」というサタンの甘えた自負や、サタンと、サタンに仕事をまかせて地上の繁栄を享受する仲間たちとの関係、飢えたイエスの前に繰りひろげられた饗宴の場に見られる固有名詞の羅列などは、二つの叙事詩に共通であり、『復楽園』には随所に『失楽園』の余韻が感じられる。

『復楽園』の終わり近く、天使たちは、イエスがサタンに勝利したことを祝い、「サタンの征服者よ！　あなたの栄えある業にいまこそ着手し、人類の救済を始めたまえ」（第四巻六三四―三五行）と、イエスの公的生涯への出立を促す。それに続く最終二行は「彼は人目にふれず、ひとり、母の家へ帰っていった」（六三八―三九行）とある。これほどイエスの私的生涯の結びとして相応しい言葉はない。

イエスの公的生涯である伝道、贖罪（十字架の死）、復活は描かれなかったが、その部分は旧約の勇士に託して、人間として為しえたかぎりの姿を『闘志サムソン』に描き、併せて出版したのではないかと憶測する。

かくてミルトンは「長い叙事詩」「短い叙事詩」「悲劇」を書くという、若いときからの念願をすべて果たしたのである。

底本としては John Carey, ed. *Milton, The Complete Shorter Poems*, 2nd ed. Pearson, Longman, 2007 を用い、必要に応じて David Masson, ed. *The Poetical Works of John Milton*, Macmillan, 1954 を参照した。

翻訳は、分かりやすい現行の日本語を心がけ、既訳として畔上賢造訳『復楽園』（改造社、一九三六）、才野重雄訳注『ミルトン詩集』（篠崎書林、一九七六）、新井明訳『ミルトン　楽園の回復　闘技士サムソン』（大修館、一九八二）、宮西光雄訳『ミルトン英詩全訳集』上（金星堂、一九八三）を参照した。

訳注の作成にあたっては、Walter MacKellar, *A Variorum Commentary on the Poems of John Milton*, vol. 4, *Paradise Regained*, Routledge & Kegan Paul, 1975. 底本の Carey による注、石田憲次『ミルトン　復楽園』（研究社小英文叢書、一九六一）の注、および才野訳、新井訳の訳注を参照した。

聖書への言及箇所は聖書協会共同訳（二〇一八）に基づき、英訳聖書 (King James Version) とは章や節の番号が異なる場合がある。

ほかに参照した文献は以下の通りである。

Alastair Fowler, ed. *Milton, Paradise Lost*, 2nd ed. Longman, 1988（平井正穂訳『失楽園』上下、岩波文庫、一九八一）。
Charles R. Summer, D. D. et al. ed, trans. Milton, *De Doctorina Christiana*, Bk. 1, Chap. 1–6. *The*

Works of John Milton, vol. XIV. Columbia UP, 1933.

ウェルギリウス『アエネーイス』岡道男、高橋宏幸訳、京都大学学術出版会、二〇〇一。

ソポクレースI『ギリシア悲劇全集（3）』岡道男訳、岩波書店、一九九〇。

プルタルコス『英雄伝 5』城江良和訳、京都大学学術出版会、二〇一九。

ホメロス『イリアス』上下、松平千秋訳、岩波文庫、一九九二。


拙訳の完成と訳注作成の作業では、老齢の父親を助けてくれた長男、英穂の労を多とする。刊行にあたって音羽書房鶴見書店の山口隆史氏に大変お世話になった。心から御礼の言葉を申し上げる。

訳　者

二〇二四年七月

訳者紹介

道家 弘一郎（どうけ　ひろいちろう）
1932年生まれ。東京大学大学院修士課程修了。聖心女子大学名誉教授。
著書 『ミルトンと近代』（研究社、1989）、『内村鑑三論』（沖積舎、1992）、『炎の痕跡――詩と愛と信仰』（沖積舎、1996）。
翻訳 ノースロップ・フライ『批評の途』（研究社、1974）、『内村鑑三英文論説翻訳篇』（下）（岩波書店、1985）。

復楽園

2024年9月30日 初版発行

著　者　ジョン・ミルトン
訳　者　道家 弘一郎
発行者　山口 隆史
印　刷　シナノ パブリッシング プレス

発行所　株式会社 音羽書房鶴見書店
〒113-0033 東京都文京区本郷3-26-13
TEL 03-3814-0491
FAX 03-3814-9250
URL: http://www.otowatsurumi.com
e-mail: info@otowatsurumi.com

ISBN978-4-7553-0446-0
組版　ほんのしろ／装幀　吉成美佐（オセロ）
製本　シナノ パブリッシング プレス